中国当代文学名家精品集

秋风大地

高亚平 著

成都地图出版社
CHENGDU DITU CHUBANSHE

图书在版编目（CIP）数据

秋风大地 / 高亚平著 . -- 成都 : 成都地图出版社
有限公司，2025. 6. -- （中国当代文学名家精品集）.
ISBN 978-7-5557-2845-0

Ⅰ. I267

中国国家版本馆 CIP 数据核字第 20251CD102 号

中国当代文学名家精品集：秋风大地

ZHONGGUO DANGDAI WENXUE MINGJIA JINGPIN JI: QIUFENG DADI

著　　者：高亚平

责任编辑：沈　蓉

封面设计：李　超

出版发行：成都地图出版社有限公司

地　　址：四川省成都市龙泉驿区建设路 2 号

邮政编码：610100

印　　刷：三河市人民印务有限公司

（如发现印装质量问题，影响阅读，请与印刷厂商联系调换）

开　　本：710mm×1000mm　1/16

印　　张：13　　　　　　字　　数：200 千字

版　　次：2025 年 6 月第 1 版

印　　次：2025 年 6 月第 1 次印刷

书　　号：ISBN 978-7-5557-2845-0

定　　价：68.00 元

出版说明

2023 年春，教育部等八部门印发《全国青少年学生读书行动实施方案》。随后，122 家国家语言文字推广基地共同发出"典耀中华"主题读书行动倡议。一些具有文化情怀的出版社和文化公司，立即响应，策划各种适合青少年阅读的图书，《中国当代文学名家精品集》书系应运而生。

《中国当代文学名家精品集》书系由北京世图文轩文化发展有限公司（下称"世图文轩"）策划，由成都地图出版社出版。我非常荣幸地受邀担任主编。

世图文轩成立于 2010 年，系北京市内乃至全国较有影响力的图书发行公司之一，曾获得"重合同守信用企业""诚信经营示范单位"等荣誉称号。长期以来，世图文轩和众多出版社就优质图书出版进行合作，获得了合作伙伴的一致好评。在"典耀中华"主题读书行动中，他们敏锐地抓住机遇，迅速策划主要以初、高中生为读者对象的大型书系选题，显现出他们的眼光、魄力与胸怀，以及对于文化市场的拓展理想。我相信，这样一家致力于图书策划、出版的公司，其品牌信誉是毋庸置疑的。

为成长中的青少年读者集中呈现名家优秀作品，是一件虽然困难，却功在当代、利在未来的大好事，我能参与其中，与有荣焉。我必须以一种高度的使命感、责任感以及担当精神来做好这个书系，成就这件大好事。

令人特别感动的是，刚开始组稿时，刘成章、王宗仁、陈慧瑛、韩小蕙、王剑冰、李青松、沈念等老师就对这个书系表现出极大的支持和信任，并在第一时间提供了书稿以示鼓励。很快，几乎所有得知此书系的作家都认为这是在为作家、为"典耀中华"主题读书行动做一件好事、大事。由此，我和我的临时编辑室成员获得了极大的信心，热情也更加高涨，此后连续十个月，我们整个身心都扑在了这件事上。

一个人只要用心做事，人们是会感受到的，也会默默地予以支持。事实上也是如此。随着组稿工作的开展，我们和作家们的沟通日益频繁，我们发现，他们除了都表现出对这个书系的兴趣与认可，对当代散文创作的发展、繁荣的前景，还有一种共同的期待与信心。这对我们无疑是一种更为巨大的鼓舞与动力。

组稿虽然也费了不少周折，但总体上比想象中顺利得多。当然，非常遗憾的是，一部分作者由于手头书稿版权等原因，未能加盟到这个书系。

组稿只是我们工作的一部分，更为具体、更为烦琐的，是审稿事务，它出乎意料的繁重，也占据了我们比预想的多得多的时间和精力。偶尔，我们也有点儿想放弃了，但是，想着这是一件功德无量的事，又兀自笑笑，继续埋头苦干。在这个过程中，感谢师友们对我们工作的配合、理解、支持与信任。

静下心来，切实感受审读、编辑工作的价值和意义。

书系里，名家荟萃，佳作如林。有的，曾代表过一种新的创作范式；有的，曾开启过一种创作方向；有的，对某一题材开掘出更深更独特的思想；有的，有引领某类题材与风格的新面貌；等等。毫不夸张地说，散文多角度多样式的表达，在这个书系里应有尽有，全景式、全方位地呈现出中国散文几十年的创作成果，是当代散文创作的一个缩影。

总体上，无论是题材、创作方法，还是思想容量，此书系都呈现了散文广阔的视野，让我们感受到散文天地的无垠无际。

具体来说，以下几个特点特别明显：

一、作者队伍可谓老中青完美结合。入选作者的年龄跨度最大达半个多世纪，上有鲐背之年的高龄名将，他们文学生命之树长青，宝刀不老，象征着老一辈散文家依然苍翠的文学生命力；最年轻的三十出头，他们雏凤声高，彰显散文创作的新生力量蓬勃兴旺的景象；一大批中壮年作家，是当代散文创作领域里当之无愧的中坚基石，他们的创作正处于繁花似锦的鼎盛时期，实力毕现。

二、题材多元多样，内容丰富多彩。书系中，既有涉及上下五千年历史的洒脱智慧的历史文化散文，又有让人惊艳的初次涉猎的新颖、独特题材。有人写亲情，有人写风景。有些人写自己的童年，让我们看到其成长时代；有些人写一个城市或一条河流的前世今生；有些人写自己对故乡的记忆，从更有新意的视角表现这个时代的巨变；有些人集中了自己几十年的写作精品，让我们看到他们的创作道路上的足迹；有些人专注于一个主题，开掘深挖，独具魅力；有些人关注时代、关注身边的人和事；有些人剖析自己的内心情感……总之，反映中华传统文化、红色文化和当代自然文学精粹的作品，在此书系里比比皆是，或温暖动人，或鼓舞人心。

三、风格百花齐放，个性特点鲜明。几十部作品，有的侧重写实，有的侧重抒情，有的注重开掘思想，有的追求内容唯美，有的描写细致入微，有的叙述天马行空……表现方式千姿百态。但无论哪种风格，无论如何表达，皆个性鲜明，情感饱满，呈现出思想性、艺术性、可读性兼备的特质，读者可以从中获得不同程度的启发，感受到散文的魅力。

四、女性作者跳出了人们对"女性散文"固有的观念。书系中占有一定比例的女性作者，她们的作品虽然仍保留细腻敏感的特色，但大都呈现出大气开阔、通透有力的格局。她们温柔而现代的行文表达，对读者来说有着更为别致的情感体验和人生借鉴意义。

总之，这个书系，将是我们打造阅读品牌的开端。如果你愿意静下心来阅读，你一定会有所收获。

习近平总书记在文艺工作座谈会上讲话时指出："优秀文艺作品反映着一个国家、一个民族的文化创造能力和水平。吸引、引导、启迪人们必须有好的作品，推动中华文化走出去也必须有好的作品。"我们希望，这个书系能成为读者眼里"正能量、有感染力，能够温润心灵、启迪心智，传得开、留得下，为人民群众所喜爱"的"优秀作品"。

在此，特别感谢沈俊峰、陈晨两位搭档的通力协作，我的编辑朋友梁芳、胡玉枝的倾力相助，以及世图文轩、成都地图出版社上上下下推进此书系出版的所有领导与师友的大力支持和耐心细致的工作。他们让我感受到了团队的力量。同时，也特别感谢出版方将我和我的搭档的作品纳入此书系，我们把此举视为对我们的"嘉奖"。

上述文字，不敢称"序"，不敢称"前言"，甚至不敢称"出版说明"，仅表达此书系的缘起和一些组稿、审读的感受，也许过于肤浅，还望广大作者、读者海涵。

《中国当代文学名家精品集》主编

目录

秋风大地

又到十月，又逢秋天，我回到故乡，漫步在家乡的土地上，无论晨昏，无论昼夜，心里总会泛出一丝无以言说的喜悦。这种喜悦，有对昔日故园秋色的回忆，也有对目下家乡秋景的眷恋，还有对即将到来的收获的期待。

记忆里，家乡的秋天是从十月份开始的，也是和生产队有关的。那还是二十世纪七八十年代的事情了。每年国庆节一过，家乡的大地上，稻谷便逐渐变黄，那一片片的水稻，那一块块的苞谷、大豆、谷子……仿佛听到了季节的号令，又仿佛听到了风的召唤，一下子都着上了一种令人迷醉的黄色。那黄色是澄明的，是馨香的，是让庄稼人心里喜悦的。劳累了半年，担惊受怕了半年，他们终于看到了自己流出的汗水结出的果实，也看到了大地对他们的馈赠。"秋天到，秋天到/地里庄稼长得好/棉花朵朵白/大豆粒粒饱/高粱涨红了脸/稻子笑弯了腰……"这是我打小就背熟了的课文。此时呢，这篇课文又不经意地涌上了我的心头，回响在我的脑中。

接下来呢，我看到乡亲们开始整理、修缮农具了。他们给手推车、架子车的轮毂处添足了油；把车帮开裂处，用钉子钉牢；把车厢擦拭干净，还整理了襻索。运输庄稼的车辆，就在他们无声无息的劳作中准备好了。而我的父母亲，也从墙上取下了悬挂了半年落满了灰尘的镰刀，用抹布擦干净镰刀的把儿，在磨刀石上磨利了刀刃，又拿出了绳索、筐笼。此后呢，他们就等待着生产队队长的一声令下了。命令一下，他们就会义无反顾地奔向田野，俯身他们熟悉的大地，重复他们一次又一次的劳作。龙口夺食，汗水自然是要流的。他们收割水稻，他们掰苞谷，他们割谷子，他们砍大豆，他们把这些沉甸甸的谷物，一一捆好，运送到光好的禾场里。也就十天半月的时间，禾场上便堆积起了水稻的山、苞谷的山、大豆的山、谷子的山。禾场上空，弥漫着一种醉人的谷物的清香。当然，禾场里，也充满了大人们的欢笑声、孩子们的欢叫声，还有鸟雀、鸡鸭的鸣叫声。大人们忙于工作，他们要摊场、脱粒、收场，还要播种。孩子们则无这些事，他们只是在禾场里尽情地疯跑、躲猫猫、打斗、笑闹……自然，有时有了兴致，或者心血来潮，也会帮助大人们干点活儿。譬如，水稻在脱粒机上脱完粒后，稻草会被一捆捆自头部绑起来，孩子们便随了运送稻草捆的架子车，帮大人把稻草捆下到空地上，并把下部抖动松，一捆捆地竖起来。这样，便于稻草风干。而这些干透了的稻草，在此后就会被运送到大队的草袋厂里，农闲时分，被村人拧成草绳，或制成草帘，运往城郊，抑或砖瓦厂里，苫蔬菜、苫砖坯用。这也是村里人的一项副业，每年能收入不少钱呢。

　　除了疯玩，孩子们之所以很愿意赖在禾场里，其实还有一个秘密——他们在期待一种吃食。那个年月的人似乎永远处于半饥饿状态，永远吃不饱。不但大人如此，孩子们也如此。于是，每年秋收夜战，给水稻脱粒时，生产队就会煮上一大锅菜，蒸一大筐篮杠子馍，每人一份，分发给夜战的社员。那份饭菜，尽管缺乏油水，但对时常吃不饱饭的社员们来讲，还是很诱人的。但大人们心疼孩子，这份饭菜，他们往往自己舍不得吃，或者吃掉一半，余下的，都给了自家的孩子吃。我也曾吃过很多次这种饭菜，那种清香，至今还留存在我的记忆里，让我每每想起，便会齿颊生香。贫困年月里留下的记忆是很绵长的，它不光是苦涩的，还有一种温馨。

秋天里除了收获的场景外，还有一道亮丽的风景，也令我难忘。那就是鸟群。那种一到秋季，在村庄的上空，在一片片即将成熟的庄稼地的上空，呼啸飞越，倏忽而东、倏忽而西的鸟群，让我着迷。这里的鸟群，自然指的是麻雀群。别的鸟类，除了大雁迁徙时，需要排成长长的雁阵，鸣叫着，从高天飞过外，似乎并没有集群的，只有麻雀是个例外。麻雀好像特别爱聚群，也许是它们太弱小的缘故吧，群聚一处，到田野间，到人家的院落里觅食，少了一份害怕。记忆里，那个年月，麻雀好像特别多，也许是那时生态好的缘故吧。一大群一大群的麻雀，总是如风一般，在故乡秋日的大地上刮来刮去，它们叽叽喳喳地叫着，似乎也在庆贺着这个丰收的季节。

这个季节里，孩子们也是最高兴的，因为他们除了玩，还有了很多的吃食，譬如烤苞谷、烧毛豆、烤红薯。他们选择在无人的河滩，或者地坎边，笼一堆火，将这些东西边烤边吃起来。他们一个个被烫得嘴巴吸溜着，嘴边被抹得乌黑，却吃得津津有味。那种鲜香，让偶尔经过的大人都会口中流涎。吃饱喝足后，他们会相约着，奔赴刚刚收获过庄稼、被犁铧翻开的土地里，去捉蟋蟀。他们将这些捉住的蟋蟀放进一个个罐子里，把罐子置于炕头，夜间，便有清越的吟唱声入梦了。这种吟唱，在此后的岁月里，无论他们走到天涯海角，都会在其清梦里反复响起。它们像一声声清远的短笛声，勾起一个个游子，对家乡、对故园的无限思念与眷恋。

近十多年来，由于社会的不断进步，农村也在悄然发生着变化。秋日里，田野间的景色虽然依旧，但收获庄稼时，那种人拉马驮的景象已不复存在。无论是收割水稻，还是收割苞谷，已全部实现了机械化。联合收割机去地里转几圈，黄澄澄的庄稼就被收割完毕。谷粒归家，禾秆被粉碎后作为肥料，撒到地里。然后，拖拉机翻地，完成下一次播种。

现在的庄稼人秋天里要操心的，就是把收回家中的谷物晾晒干透，存入粮囤里。庄稼人已没有了昔日的苦累，有的是一种悠然和满足。

今年秋天的一个周日，我趁假日无事，回到故乡稻地江村。推开家里院门的那一刻，我看到母亲一个人坐在院中，正悠闲地剥着苞谷棒，她的面前，一堆已剥下的苞谷粒，在秋阳下闪着亮亮的光。我的双眼瞬间湿了。自从十多年前的那个秋日父亲谢世后，母亲便一个人生活在乡下，如庄稼一样，完成着自己生命的轮回。她日出而作、日落而息，乐天知命地在这片生她养她的土地上生活着。没有抱怨，也没有过多的奢求，有的只是一种淡远和安然。这让我想到了故乡，也想到了世代生活在这片土地上的乡亲们，还想到了我曾经写过的一首诗《一片苞谷》：

缘思念之索长起的

是一片苞谷　秋阳下

它们像一位位历经沧桑的老人

乐天知命地　蹲踞在那里

令我想起许多平凡而可敬的人

风伸出澄明之手

悄然把无数的叶子抚摸

苞谷地便发出音乐般的响声

土地赤裸如铜

它们是父辈们的背呢

还是苞谷维命的大床

歌声响起

歌声嘹亮而动人

粗犷的旋律如铺天之水

覆没了整个原野
土地在悸动　芭谷在悸动
只有与土地相依为命的人
只有吃芭谷的人
才具有这样的歌喉

一片芭谷
长在我记忆的枝头
它们结出的果实
让我终生享用不尽

　　那天，在随后的时间里，我也掇了把凳子，紧挨着母亲坐下，边和她拉话，边剥着芭谷。而不知不觉间，半晌午的光阴，就这样悄然溜掉了。

鸟声从树梢滑落

鸟声从树梢滑落

在乡下生活，除了能听到孩子们的欢叫声外，听得最多的，就是鸟鸣声了。清晨，我还在睡梦中，鸟儿已开始在院中的树上啁啾了。起初是一群麻雀叽叽喳喳地叫，后来，又飞来了两只喜鹊，还有一只白头翁，在树枝间欢唱。喜鹊的叫声是"咋咋咋"，白头翁的叫声是"哒——哒哒哒"，像打了一阵机关枪，一时间，院中就变成了鸟的世界。燕子是不在树间停留的，这些黑色的精灵只在电线上逗留，只在人家的堂屋上逗留。它们有时像黑色的闪电，呢喃着，在天地间飞行，有时则静静地停歇在村庄上空的电线上，一排一排，有序地栖着，像一个个放大了的省略号。它们好像永远是忙碌的，尤其是在春天和初夏，常常能看到它们在天空中上下翻飞的身影，倏忽而东，倏忽而西，让人眼花缭乱。我在鸟雀的欢叫声中起床，连心情也变得愉悦起来。

父亲十多年前去世后，母亲独自生活在乡下。最初的几年，她的身体还好，拉得动架子车，下得了田，搬得动一口袋粮食，但慢慢身体就不行了，开始是腿沉，走路时鞋底有些蹭地，接着是步履有点蹒跚，今年竟然还摔倒过两次。一次是春天，她看别人家都种菜，自家的自留地却荒着，便不顾我们的一再叮咛，自己搬了一个小凳子，拿了一把小耙子，摸索着走进自留地，想耙出一块地，种点青菜、香菜，结果，耙着耙着，头一低，加之用力过猛，竟栽倒在地，额头撞起一个核桃大的包。要命的是，几天后，额头上的包消失了，右眼周围却出现了淤血。去村中卫生所看，又是打针，又是吃消炎药，过了足足半个月，才彻底痊愈。一次是今年夏天，她在自己居住的房子前种了两小块蔬菜，有辣椒、韭菜、黄瓜、西红柿、大葱、豇豆什么的，每样蔬菜都种得不多，也就图吃时方便。因菜地临着大路，黄瓜、西红柿刚刚长成，就被馋嘴的小孩偷摘去了。为此，她十分苦恼。一天中午，她去门口闲转，无意中往菜园里瞥了一眼，竟发现一株西红柿上结出了一个鲜艳的果实。当时，大妹还在家里陪伴着她，她也没有喊大妹，就径直跨过菜园的矮墙，去采摘这个西红柿，不想，因平衡不好，又摔倒了。慌忙间，她本能地用手去扶矮墙，身体倒是没有着地，但左手背却被锋利的砖棱划出了一个大口子，当下就血流不止。大妹闻讯，急忙出来，把她扶回家中，用了许多云南白药，才止住了血。后来，大妹带她去村卫生所清理了伤口，缝了六七针，敷了药，进行了包扎，还打了破伤风针，才算完事。我因没有和母亲在一起住，母亲住在新宅，我住在老宅，直到第二天，才知道她受伤的消息。这次受伤相当严重，二十多天后才好利索。因为我们的劝阻，也因为这两次教训，母亲这才向我们保证，今后不再下田劳作了。毕竟她已经是八十多岁的人了。

其实，早在三四年前，为了能多陪陪母亲，我和妻子商量，已开始翻建老宅了。老宅原来有三间大瓦房、两间平房，瓦房建于二十世纪八十年代初，平房是稍后几年建的。这些房子数十年间无人居住，均已破旧不堪。院中更是荒草离离，树木高过屋檐。因为即将退休，我便想重新翻建老宅，以便自己日后使用。我把这一想法和母亲说了，母亲也同意。这样，我便找乡邻拆除了老屋，开始翻建老宅。经过两年多的劳作，房子终于建好。房子建好后，我就对后院进行了绿化，先后栽种了两棵紫藤、两棵凌霄、两棵玉兰、三棵桂树、两棵木槿、四丛蔷薇，此外，还有樱花、冬青、牡丹、芍药、葡萄之类的。这些花木，经过两三年的生长，已蔚为壮观，成了气候，有的甚至高及院墙。尤其是那两棵紫藤，生长得茂盛极了，枝叶繁密，不但爬上了二楼阳台上的护栏，就连一二楼的窗户，也被它侵占了许多。春夏时节，居于室内，或闲读，或啜茗，或高卧，绿荫透窗，清风满怀，颇有"竹荫遮几琴易韵，茶烟透窗魂生香"之趣。而院中玉兰花盛开，蔷薇花烂漫，牡丹、芍药花灼灼，凌霄花嫣红，木槿花也次第开放，整个庭院都笼罩在一片香气里。蝴蝶、蜜蜂来了，鸟雀来了，院里成了鸟雀的乐园，无论阴晴，白日里总能听见鸟雀在枝头欢唱，这让我心悦，让我想起了陶渊明的诗："翩翩飞鸟，息我庭柯。敛翮闲止，好声相和。"顿觉连心也淡远了许多。

　　住在乡间的好处，是一年四季都能听到鸟鸣。春天有燕子、喜鹊、麻雀、斑鸠、野鸽子，当春意萌动，大地泛绿之时，它们仿佛一夜间挣脱了冬天的羁绊，同植物一起，从大地中生长出来一样，突然间冒了出来，不惟族群变大，连叫声也响亮了许多。这其实是再自然不过的事了，因为，这个季节正是鸟雀的繁殖期，它们又要筑巢，又要喂养后代，日日忙碌，飞出飞进，飞高飞低，人们看到它们的身影就会更多一些，听到它们的鸣叫声也更多一些。事实上，除了燕子外，这些鸟儿冬天里也生活在我们周围，只是冬季里，它们为寒所逼，外出活动得少，人们见到它们的身影也就少。夏天呢，则是白鹭、布谷鸟、野鸡的世界。在成垄连陌的绿油油的稻田上空，一只只白鹭在翩然地飞翔着。它们飞得很低很慢，有时，翅翼几乎都要掠上水稻的梢尖了。而布谷鸟呢，它们似乎只在云中、在林间鸣叫，我们只听到它们的鸣声，很少能见到它们的身影。年少时，我曾在乡村生活了十多年，但却不知道布谷鸟长得什么模样，后来从一些图片中，才看到过它的形象。野鸡夏日里见到的倒是很多，在野外散步，冷不丁地会从麦田里，或者河滩上惊起一只两只。它们一边雏雏地叫着，一边拖着沉重的身体，惊慌失措地飞离。至于秋天呢，除了上述的各种鸟儿外，大雁的鸣叫声，是这个季节里最常听到的了。它们排着"一"字形或者"人"字形的队伍，一边嘎咕嘎咕地长鸣着，一边飞过高远的天空，往往惹动人的一腔愁绪。每逢雁阵从家乡的土地上飞过，我都会驻足观望半天，也会怅惘半天。怅惘什么呢？是惆怅岁月的流逝，还是少年的绮梦，或者一个游子对故园的哀愁？我说不清楚，也许，兼而有之吧。吃柿鸟也是秋天里的一道风景。一般到了晚秋，水稻收割，玉米掰过，大地已播种上了小麦，柿子开始成熟时，这种鸟就成群结队地飞来了，它们一边"咋啦咋啦"地欢叫着，一边飞临到一棵棵柿树上，疯狂啄食通红的柿子。每次吃柿鸟来到，家乡的柿子树就要遭受一次浩劫。但家乡人似乎并不恨这种鸟儿，他们坚信，天生万物，有人吃的一口，就有鸟儿吃的一口。甚至，如果有一年，吃柿鸟晚来，家乡人采摘柿子时，还会特意给树梢上留上四五个，以供这些晚来的鸟儿食用。冬日里，麻雀和喜鹊是这个季节里的常客，它们或瑟缩在枝头，或在旷野上蹀躞、觅食，连叫声听上去也是凝滞的，没有春夏的清亮，似乎是被冻住了一样，看上去有些可怜。一年四季，我在村外散步，总能看到这些鸟儿的身影，也能听到它们不同的鸣叫声。

风自南来，风自秦岭山脚来，吹拂着家乡土地上的庄稼、草木，也把一声声鸟鸣送入我的耳中，送入我的心里。

晨露在草叶上闪亮

今年夏秋时节，我在家乡住过一段时日。每天六点左右，我都会到村外去散步一两个小时。

　　我的家乡在西安城南三十多公里处的秦岭脚下，村庄名叫稻地江村。稻地江村是一个有些年月的村庄，据地方志载，至少在明代，它已存在了。村庄位于长安区樊川（樊川是汉代大将樊哙的封地，故名樊川）的腹地，它北依少陵原，南靠终南山（秦岭西安段又名终南山，或南山），西临神禾原，东面是一片高地。川地中有大峪河、小峪河、太乙河流过，这三条河汇流到一处，就形成了长安著名的"八水"之一潏河。而少陵原畔有兴教寺，此为唐玄奘和他两个徒弟的埋骨地。兴教寺距我们村也就四五里远，天气晴好时，站在村北，可望见寺院赭红色的院墙和院内高大茂密的树木，以及掩映在树木间的佛塔。终南山腰有天池寺，此为唐代皇家寺院，距我们村也就六七里。晨昏间，两寺的钟声，随风隐隐传来，似水漫过村庄，浸润、安抚了庄稼人的心。大、小峪河环绕我们村庄流过，使我们村有了江南水乡的韵味。村庄周围河汊众多，稻田广布，夏秋时节，稻花连垄，白鹭低翔，蜻蜓满天空，把我们村庄变成了一幅画。童年、少年时期，我就在这幅画中无数次徜徉。我在稻田里钓过青蛙，捉过鳝鱼，网过蜻蜓；我在小峪河里摸过鱼，逮过螃蟹；我在大豆地里锄过草，"晨兴理荒秽，带月荷锄归"；我还在村边的小路上背诵过课文。当然，这些都是旧事。但至今忆及，还觉温馨，亦很向往。

　　旧梦依稀，新梦更加迷人。这数十年来，我常常庆幸自己此生能在西安学习、工作、生活，西安距离家乡很近，可以说抬脚就到。尤其是现在，家乡已融入了西安，成了这座十三朝古都的一部分——长安区。我常常怅惘，自己这么多年是离开了家乡呢，还是没有离开过家乡。2017年，百花文艺出版社出版的我写乡愁的散文集《长安物语》，我曾在该书的腰封上写过这样一段话："'长安一片月，万户捣衣声。'那月只属于故土，属于故土上的人们，和我久远的记忆。如今，这片月光虽已变得破碎、迷离，但依然明亮在我的梦里。如此说来，数十年间，我又何曾一日离开过故土呢!"是的，由于距离上的优势，我此生实际上是没有离开过家乡的。尤其是最近这些年，由于母亲年事渐高，我几乎是每个节假日必回故乡的。我回到家乡最爱做的事情，就是去村外散步，我几乎把村庄周围都走遍了。家乡土地上的一声鸟鸣、一棵草木，甚或草叶尖的一颗露珠，我都感觉是熟悉的、亲切的。

　　我常散步的地方在村南。清晨，当大地还没有从酣梦中醒来，我已出发了。我穿过环绕村庄的乡间公路，走上机耕路，一路向南。此时，朝暾还没有出来，东方还是一片浅白色，地里的庄稼和树木，还笼罩在一片薄雾里，旷野除了时断时续的虫鸣声，一片寂静。春天，我看到的是一片片鲜绿的麦苗和金灿灿的油菜花，以及在麦苗叶片和花瓣上闪亮的露珠，它们在晨曦中，仿佛无数的亮眸，一眨一眨的，让人爱怜。夏天则是连垄的水稻，由于水肥充足，它们生长旺盛，一眼望去，一片墨绿，能把人的眼睛都染绿。但此时还不是稻田最魅人的时候。当旭日初升，大地上的万物笼罩上一片橘红色时，那挑在稻叶尖上的一颗颗露珠，仿佛一下子睡醒了似的，瞬间活泛起来，闪耀出晶莹的亮光，稻田上顿时银光一片，让人不由惊叹大自然的神奇。越过哗哗流淌的小峪河，就是旱地了，玉米是秋天里的主角。当一片片玉米地次第展现在我的眼前时，我的内心是喜悦的，是对大地即将分娩的喜悦。这种喜悦不光来自田地里的庄稼，还来自路边的各种野花。我看到有数株牵牛花生长在围挡玉米田的篱笆上，并缘篱笆爬上了玉米秆，一些蓝格莹莹的牵牛花，就在玉米秆上随风招摇了、起舞了。它们妖媚柔曼的样子，让我想起了白石老人的画，想起了苏辙咏牵牛花的诗："牵牛非佳花，走蔓入荒榛。开花荒榛上，不见细蔓身。"我心想，苏辙描写此花，还是蛮形象的，至少，他写出了牵牛花的生长环境。还有马兰，这种在秋日里随处可见的植物，开出的黄蕊月白色的花，仿佛是献给大地的礼物，多到令人咋舌。一年蓬此时已经老了，它们只能高高地擎起一个个小酒杯样的果实。它们在夏天可真是疯狂，能长到一人多高，能占领一整片土地，开着乳白色的花，望去白茫茫一片。野胡萝卜和曼陀罗却正当时，它们都是植物界的霸王，都可长到一两米高，且都粗枝大叶。野胡萝卜的花是白色的，每朵花都是由很多碎米粒状的小花瓣组成的，整个望去如茶盏。曼陀罗花则是吊钟形的，白花上有淡紫色斑点。还有薰衣草、栝楼、狗尾草、菶草、牛筋草……它们开出的花都是很好看的。至于冬季，尽管寒凝大地，无露珠在草叶上闪烁，但白露为霜，也让我流连。

一次，我在村南野外散步，恰好碰到了我的小学老师高养文先生，他是我们同村人，过去是一名民办教师，后来转成公办。他绘画很好，书法也很漂亮。现在，村里很多人家中都挂着他的山水画或书法作品。他曾经教过我美术，今年已经七十多岁了，虽然在县城里也有房，但他更愿意住在村里。他说村里安静，环境好。我和他遇见，就在稻田边闲谈了一会儿。他还拿出手机，向我展示了他拍摄的我们村庄的照片，到底是教美术课出身的，就连一丛狗尾草，都拍得那样的美。

一年一年，我就这样行走着，行走在村庄的周围，如行走在季节的琴弦上，无数的光阴就在我的身后倏然而逝，让我惊喜，亦让我沉醉。

风自南来，　翼彼新苗

家里还有三分多自留地，那是村民小组分给本组每户村民的菜地。由于母亲年事已高，已不能下地干活了，家里其他人也都在西安工作，地便一直处于半荒芜状态。路边树上落下来的叶子，把自留地都覆盖住了，每当轻风吹过，田地上的树叶就哗哗作响，像一群鼓翅欲飞的麻雀。但地总不能老荒着，我和母亲商量，还是在自留地里种点蔬菜吧，这样自己吃起来也方便。母亲同意，当年谷雨过后，我就趁着节假日，和妻子扛着铁锨、锄头和耙子下地了。

地就在村南边，临着乡级公路。公路两边，栽的全是白杨树，经过数十年的生长，这些树木已有水桶粗，二三十米高。它们身着春装，随公路有序地排列着，望之若绿屏。下到地里，我们先用耙子把隔年的枯树叶拢到一堆，再把它们抱到地头，待把田地整理干净后，才用铁锨一锨一锨地翻地。新翻过的泥土，潮湿而新鲜，有时还可以看到蚯蚓在泥土里蠕动。翻地的活儿当然是我来干，但妻子也没有闲着，她用耙子把翻起的土坷垃捣碎、耙平。地边的土地由于被人常年踩踏，已经板结了，比较坚硬，铁锨根本扎不动，便只能用锄头挖。挖地也是一个费力气的活儿，一锄头下去，也就挖下来一小块儿。好在我还有一把子气力，挖得动，只是要流一身汗罢了。

四十年前，我还没有到西安上学时，也就是我上初中、高中的那些年月，每年的寒暑假，我都会随大人到生产队的地里干点农活。我拉过架子车，运送过庄稼、粪土，捣过土坷垃，拔过秧苗，插过秧，但干的最多的是锄地。我锄过谷子地、玉米地、大豆地，还间过苗。夏日，艳阳高照，大地蒸腾，一块块的田地里，谷子、玉米、大豆生长旺盛，已有半尺多高，一眼望去，葱郁一片。而此时也是野草疯长的季节，牛筋草、巴根草、狗尾草、一年蓬、打碗花……它们仿佛灌了油，拼命地生长，和禾苗争夺水肥，影响庄稼的成长。这时，生产队队长一声令下，社员们便扛上锄头，到地里去锄草。农谚云："锄下有雨。"意思是说锄一遍庄稼，就仿佛给庄稼浇过一遍水。这是有道理的，因为，锄过的田地，土壤更加疏松、细腻，墒气不易蒸发。故而，一年中，玉米地、谷子地要被锄三遍，这固然是为了除去杂草，也是为了土地保墒的需要。大豆地锄过一遍，就不用再锄了。它们生长茂盛，枝叶很快就会把土地覆盖住，野草没有了阳光，自然就生长不起来了。偶尔有那么三五株杂草，也成不了气候。有时，勤劳的庄稼人趁下地闲转时，会趸进地里，顺手把它们拔掉。

锄地看似轻松，实则不然。不但需要用力，还需要心明眼亮，不能把禾苗锄掉。这时的禾苗都已是间过苗的，稀稠刚好。如果锄草时不小心锄掉一株两株的，地里就会空出一块，影响秋后庄稼产量。除非趁下雨天重新补过苗，才不会影响收成。我初学锄地时，就曾出现过锄掉禾苗的事，好在队长还比较通达，知道我初次干这类活，手生，提醒我锄慢一点，注意一下，也就了事。我则很不好意思，感觉自己做错了事。此后，也就更加地抖擞了精神，百倍小心了。起初，锄地的队伍如雁阵，是"一"字排开的，但锄着锄着，队伍就发生了变化，锄地人就或前或后，错落起来。我当然是掉在后面的，但也不惮炎热，不怕腰疼，努力地往前锄着。偶尔锄累了，拄着锄头，擦一把汗，喘口气，歇息一下。此时，下山风刚好刮来，全身的毛孔张开，身体就会一激灵，感到通体舒泰。而禾苗也会一阵晃动，如波浪，一波一波荡漾向远方。

翻检旧事，让人感慨。如今再握锄头，已不再年少。我和妻子用了一个上午，把自留地翻完、耙平。下午，又拿来从集市上买来的蔬菜种子，一畦一畦地种下。我们先后种了青菜、扁豆、豇豆、大蒜、黄瓜、西红柿、大葱、韭菜、辣椒等。青菜只需要把种子均匀撒到地里，然后稍微耙几下就行，它是沾土就活的。扁豆、豇豆和大蒜就要麻烦一些，先要用锄头刨好一条小沟，再把种子撒进小沟里，覆上土。黄瓜、西红柿、大葱、韭菜和辣椒就更费工夫了，不但要起沟、放菜苗、壅土、起垄，还要浇水。蔬菜种完了，我们的任务也就完成了。接下来，就是老天爷的事了。一两场透雨之后，蔬菜种子就会破土发芽，而移栽的菜苗会缓过劲来，生长得旺精精的。春风吹拂，夏风吹拂，蔬菜一天一个样，一个月后，青菜、韭菜、大葱就可以吃了。黄瓜、西红柿、扁豆、豇豆则需要搭架，它们缘架而生，扯藤、开花、结果，到了盛夏，才陆续成熟。这样，从春到夏，再到秋，就有吃不完的新鲜蔬菜了。

当蝉鸣声渐稀，树叶开始变黄飘落时，晚秋就来到了。此时，尽管黄瓜、西红柿、豇豆、扁豆架上，还有些许未长成的瓜豆、西红柿，还摇曳着一些黄花、白花、紫花，但实际上这些花已不再能长成瓜豆了，这时，就要狠下心来，拔掉瓜藤、豆蔓，就连一株株的辣椒也要拔掉，需腾出地，种植菠菜、芫荽、小白菜什么的。一个季节有一个季节的蔬菜，过了季节，蔬菜就不生长了。只有这样，才能保证入冬有新鲜的蔬菜吃。

南山的风吹着，吹过我的家园，吹过家园土地上的山林、庄稼地和菜地，也吹过一个游子多愁的心。季节就这样不断地轮回着，我在这轮回中，又老了一岁。

忙月闲天

　　乡间有"五黄六月"之说，又有"九九秋收"之说。其实，这说的都是农村的忙月天。民以食为天，粮食便成了百姓生活中的至要。因此，夏收秋收对庄稼人来讲，就成了他们一年中最重要的日月。累过了忙过了，庄稼从地里搬进了场院，通过脱粒晾晒，再由场院进了农人的柜子，大功也便告成，这时便进入了农村的闲月闲天阶段，庄稼人或赶集逛会，或外出打工，脸上总洋溢着一种满足的笑，一种放心的笑，一种囤里有粮心中不慌的笑。但这些都是大人们的事，小孩子呢，其实，他们也没有闲着，忙月闲天里，孩子们也有自己的事干。至少，在二十世纪的七八十年代，在关中一个叫稻地江村的村庄里，在我，是有事要干的，而且，还做得情趣盎然。

拾　麦　穗

　　田家少闲月。的确，在乡间，每逢农忙时节，就连孩子也忙得不可开交。这不，天才麻麻亮，布谷鸟已在一声接一声地叫了："算黄算割——算黄算割——。"听母亲讲，布谷鸟是一种苦命的鸟，每到麦收季节，它们便在田野、村庄的上空来回飞翔，一声声地鸣叫，日夜不息，催促农人快收快种，莫要误了农时，以免使到手的粮食又因天灾而泡了汤。因为日复一日地鸣叫，到麦收完后，布谷鸟竟呼吸衰竭、口角流血而死。这种说法也许不假，因为童年时，我就曾多次半夜被布谷鸟的叫声惊醒。

"拿块馍，快拾麦去吧！隔壁宝宝早就去了！"母亲温和地说。于是我慌忙地穿鞋穿衣，脸也顾不上洗，往口袋里装一方锅盔，便睡眼惺忪地向地里奔去。

拾麦的地点已先一天从生产队那里打听好，在村南四里外的马渠。那里是两村的分界线，旷野静寂，平日少有人踪，只有到夏秋两忙时节，才显得热闹一些。马渠由一眼泉衍生，泉水清澈，一年四季汩汩而流，长年累月，最终便流成了一条小溪，绵绵延延，有二三里之遥，而后汇入小峪河。长长的一条马渠，静静而流，水深不及膝盖，水中多鱼草、荇草和水芹菜。水草中便有鱼虾出没、螃蟹生焉。岸边便高杨茂柳，荫翳了一片天地。树丛中有斑鸠生焉，有白鹤、喜鹊翔焉，每到夏日薄暮，鸟雀便聒噪一片，真可称之为"鸟的乐园"。

天还是有些黑，坎坷的乡路也模模糊糊。经过小峪河桥头时，我被哗哗流动的水声所吸引，便踩着露出水面的石头，下到河底，洗了一把脸，之后又继续向南走，待走到马渠的田头时，天已大亮。我看见，地头已聚集了好多孩子。但孩子们个个手头都是空的，他们都在焦急地翘首等待，等待拉麦的男社员。社员们也许还在等着队长派活，也许已拉着架子车往这边走。只有割倒的麦子，黄灿灿的，浸润了露水，湿漉漉的，一堆一堆有序地躺倒在麦田里，似乎还没有从睡梦里醒来。

拉麦的男社员终于来了，孩子们像是听到了无声的命令，迅速向大人围去，随他们走进了麦田。社员们开始装车，一捆一捆的麦被抱起，拾麦的孩子也便如鸡啄米般，搜寻着地上散遗的麦穗，弯腰迅速拾取。麦茬扎疼了手，甚至将手扎破，孩子们也全然不顾。不一会儿，拾到的麦子就握满了一把，但孩子们并不停息，依旧紧张地捡拾，直到手里握不下了，才把麦子捆作一把儿，然后给麦把做一个记号，小心地将它放到田头，又匆匆赶到地头去捡拾。

多年后，我到西安负笈求学。一次，在大学的图书馆里，我无意中看到了米勒的油画《拾穗者》，一时间竟激动不已。我想，米勒画上的情景应该发生在我的家乡，但我知道，没有人会相信我的话。从图书馆回到宿舍，我激情难抑，写下了生平第一首散文诗《六月》。我在诗中写道："太阳开始烤背的时候，六月便来临了。布谷鸟开始在田野鸣叫，农人开始在青石上磨镰，青杏开始在阳光下泛黄，六月悄悄地，像一位少妇站到人们面前，浑身散发出的气息，浓馨而魅人。父亲的背在阳光下闪亮，亮成一面古镜，照出悠悠的历史。黄河在镜中奔流，长江在镜中奔流。五千年的岁月流逝了，却流不出一个记忆。岁月，让那把弯月刈得残缺不全……"

不知不觉间，太阳出来了，升高了，拉长了劳作者的影子，又缩短了他们的影子。露气退了，阳光已热辣辣的，有些烤背。偌大的一片土地上，麦子一个上午便被社员拉空了，裸露的土地，像刚分娩过的少妇，肚子凹下来，平坦坦的，又显出了往昔的妩媚。麦茬黄灿灿的，挺立在土地上，大地像被铺上了一层锦毯，美丽极了。

我们拾的麦把儿也在不断地增多，检视一下，多的有十多把，少的也有五六把。这些用麦穗捆成的麦把儿，像一个个胖头娃娃，或被"一"字排列在田头，或被整齐地码垒在地埂、渠畔，阳光给它们涂抹上一层金色，让人看了心花怒放。这些麦把儿随后便会被我们抱到乡场上，由生产队的出纳或会计过秤记账，以每斤五分钱的价格卖给生产队。待夏收结束，生产队算过总账，我们便会领到一份对孩子们来讲不菲的收入。这些钱在随后的岁月里，或许会变成我们身上穿的新衣服，或许会变成我们上学用的书费、学费，或是一些别的什么东西。总之，都是一些令人高兴的事儿。十多年甚至几十年后，它们会变成我们的记忆。这些记忆如种子，只要土壤、气候适宜，便会生根发芽，便会绿了我们心中那片土地。

岁月，收割了我们的童稚，收割了我们的青春，却永远收割不了我们拾麦穗时的那份欣喜和那段艰涩的记忆。

捡 豌 豆

谚云："麦不离豆，豆不离麦。"这说明了一个事实，即麦和豆可以套种，当然，这种豆仅限于豌豆。豌豆多蔓，攀攀扯扯、缠缠连连的，可以和麦子一起长高，甚或比麦子还高。

关中多沃野且地宜种麦。无论大麦还是小麦，均长得很好。每年秋收以后，水稻、苞谷、谷子、大豆收割完毕，场光地净，庄稼人就会重新耕耘了土地，种上麦子，间或也种些豌豆。豌豆有时和麦子套种，有时则单独播种。麦要深种，豆则要浅种。土地翻耕过了，露出黑油油的沃土，一浪一浪的，好看若画。刚耕过的土地里有蟋蟀在蹦，有蚂蚱在跳，有蚯蚓蠕动，还有青蛙来回跳窜，土地散发出一种醇厚的泥土香，这香味腥腥的，还略带一点发酵过的酒的味道。用手捏一把，湿而不黏，散散的，松松的。这样的土地即使种上一根棒槌，我想它也会生根发芽、长成一棵树的。套上骡马，拖一个耙，将地细细地耙一遍，然后由有经验的农人，一把一把地把麦种播向地里，这道工序也很有诗情画意。艳丽的秋阳下，农人抓麦在手，一把一把地有序挥撒，姿势若舞若蹈，种子飞出，如金瀑飞流，落地沙沙有声，让人听了心醉。麦种撒毕，拴一盘用荆条编成的磨，人踩在磨上，或在磨上放一两块石头，再套上骡马，将地细细地磨一遍，最后将麦种盖上，大功便算告成。如需在麦田中套种豌豆，则需将豌豆稀稀地撒在刚种过的麦地里，既不用覆盖泥土，也不用浇水，豌豆自会随麦长出。有道是"豆苗要整齐，种子在地皮"。如需种一块豌豆田，则更简单，只要在耙过的土地上撒上豌豆种子即可。

　　然后树叶便逐渐地落了，然后麦苗、豌豆苗就出了，然后天便逐渐变冷了。接着是长长的冬天，慢慢地等待。几场冷雨冷风过后，雪便悄然飘临，白了田野溪流，白了秦岭山麓，香甜了庄稼人的梦。"冬天麦盖三层被（雪），来年枕着馒头睡。"雪覆盖了麦田豆田，望去白茫茫一片，干净极了，也清素极了。之后冰雪消融、溪流解冻，流水淙淙鸣唱，麦苗和豆苗像做了一个温婉的梦，从雪国醒来，伸伸懒腰，活动一下筋骨，惺忪着眼睛，望望瞳瞳春阳，摇曳在春风中，惬意极了，也幸福极了。豆麦爱听锄头声。几场春雨后，豆麦长势喜人，绿汪汪了一片天地。但杂草也丛生其间。农人一遍一遍地锄，连锄三遍，豆麦便起身了，长高了，愈发的可人了。待到四月天，天蓝了，地阔了，风更暖了。麦苗长到一尺多高，出穗了，豌豆便牵牵连连地开花了，那紫色的花、白色的花，亮亮的，若一只只美目，不断地在麦苗中随风眨动，万绿丛中繁花点点，妩媚极了。

　　紫白色的豌豆花开着开着就枯萎了，便生出了小豆荚。用不了十天半月，豆荚就会长成。刚长成的豌豆荚绿莹莹的，小拇指般大小，若碧玉翡翠雕就，生吃起来味道特别鲜美。那时生产队就要派人守护。但即便是这样，孩子们仍照偷不误。他们或成群结队出动，或二三人联袂出动，使看守豌豆田的人防不胜防。当然，孩子们一般偷的也不太多，每人也就一二口袋，且"偷期"很短。因为豌豆荚要不了一周时间，就会变白变老。变老了的豌豆荚生吃起来有一种生涩的苦味，且还有一种土腥气。转眼就到了五月，布谷鸟开始在田野的上空飞翔鸣叫，青杏开始泛黄，一连几日热风，豆麦就成熟了。农村很快就进入了热火朝天的麦忙季节。龙口夺食，庄稼人没明没黑地连轴转，用不了十天时间，地里的麦子就会被抢收一空。原来黄澄澄的、丰厚的原野，顷刻间就恢复了它的本来面目，地平土丰。热风便恣意地在田野上来回流浪。

夏播相对于秋播来讲比较简单，我们那一带因为地处樊川腹地，水流河汊众多，因而有许多水田。水田种起来稍微麻烦一些，需耕过、耙过再放水插秧。至于旱田，则不需要耕地，只需在麦茬的缝隙间，断断续续地挖些小窝，点上苞谷种，浇点水，就算大功告成。有些身懒的农人，甚至不浇水，但那也不影响出苗，因为有地墒，更重要的是，有大雨。这不，苞谷种刚点上，乌云便在终南山根翻滚，不一会儿便笼罩了天空。电闪雷鸣之后，跟着一阵狂风，白亮亮的雨就兜头浇了下来。庄稼人听着雨声，心里甭提有多高兴、多滋润了。拉开被子，他们不由分说地倒头大睡，解解"三夏"大忙的乏气。甚或雨停了，他们也不出工，借口是道路、田野泥泞，没法干活。大白雨下下停停，下了二三日，这可乐坏了孩子们。他们除了玩泥炮外，心里还惦记着一件更重要的事儿——捡豌豆。关中农村，豌豆多种在旱田里。由于豌豆成熟得很快，所谓"麦黄一晌，蚕老一时"是也。因而，豌豆荚在毒日艳阳的照晒下，多有来不及收割便爆裂散落到地上的。故此，豌豆田中多的是散落的豌豆。而且，这些豌豆多个大饱满，称得上豌豆中的上品。雨落大地，豌豆经过雨水的浸泡，就胀了一倍，变成白色，看上去，特别明显，也特别可爱。有些豌豆经雨水泡久了，甚至会生出嫩嫩的碧绿的小芽。

端上一个大茶缸，或者提上一个小竹篮，光着脚板，我们三五成群地出发了。走过泥泞的乡路，涉过小河，穿过树林，我们走向田野，走向曾经紫花点点的豌豆地。不怕麦茬扎疼了脚，双脚踩在湿软的麦茬地里，就像走在锦毯上，我们如同放飞的小鸟，快乐极了。我们在麦茬地里慢慢前行，目光来回游移，搜寻着遗落在地里的一粒粒胀豌豆，之后弯腰，不断把豌豆拾进我们的茶缸、竹篮之中。这活儿不累，干起来还有些玩游戏的味道，因此，特别好玩。捡着捡着，有时会突然遇到大雨，我们就像炸了窝的鸟儿，慌忙跑到附近的瓜棚、大树下，权且避雨。有时，天放晴了，太阳眨眼就会出来，这时，就要抓紧时间去捡拾，否则，阳光就会把胀豌豆晒得瘪下去，变成原来的模样，而极难搜寻捡拾。不管怎么说，经过一个上午或一个下午的努力，我们总能拾到很多胀豌豆，不仅茶缸满、竹篮平，而且就连四个口袋里面也装满了捡拾的豌豆。

归家，把捡拾的豌豆交给母亲，自然会得到母亲的一番夸奖。母亲把这些豌豆用清水淘过，滤干水，撒上盐，用清油炒过，吃起来鲜脆可口，香气直冲脑际。间或，母亲也把它们掺上小米，做成豌豆粥，喝到嘴里，黏软温润，有一种不可言说的奇妙。东坡诗云："岂如江头千顷雪色芦，茅檐出没晨烟孤。地碓舂秔光似玉，沙瓶煮豆软如酥。我老此身无着处，卖书来问东家住。卧听鸡鸣粥熟时，蓬头曳履君家去。"不知此老所言豆粥和母亲所做的豆粥是不是一回事儿。不过，东坡居士和朋友在茅舍聊着天等豆粥喝的那份闲逸，还是颇合我心的。

什么时候有暇，能再回到乡间，听听布谷鸟的叫声，赤脚踩进麦茬地里，捡一捧豌豆，闻闻豌豆的香气呢？我时常怅然地想，这一想就是漫漫的三十多年。

撵 野 兔

乡间孩子玩乐的事极多，除了打弹弓、掏鸟窝、蹦弹球、偷桃盗李、捉鱼摸蟹外，对男孩子来说，另一件有意思的事儿就是撵野兔。

关中农村广袤的原野上野兔极多，这从很多乡谚中就可以看出。什么"耙柴娃打野兔——捎带""兔子的尾巴长不了""兔子不吃窝边草""兔子回头凶似虎""兔子急了也蹬鹰"等，可知兔子在人们的生活中是一种司空见惯的野物了。兔子是草食动物，食性极杂，麦苗、灌木的嫩叶、苞谷叶、萝卜缨、青菜……见什么吃什么，甚至到了寒冬腊月，雪封大地无甚可食时，连苞谷壳、树皮都吃，但其最爱吃的还是豆叶。稻田埂上种的豆苗，旱田里的黄豆叶、绿豆叶，都是它们最爱的食物，有时一夜间，整条田埂，或整块豆地，会被野兔糟蹋得一片狼藉。因此可以说，野兔是庄稼的天敌，也是农人最不喜欢的动物。它不像青蛙，是庄稼的朋友，是农人保护的对象。猎杀野兔，从古至今，史不绝书。秦二世二年（公元前208年）七月，当秦相李斯和其中子被秦二世、赵高在咸阳城内腰斩时，李斯曾回头对自己的儿子发出这样的悲鸣："吾欲与若复牵黄犬俱出上蔡东门逐狡兔，岂可得乎？"而更早于李斯的越国大夫范蠡，在帮助越王勾践灭了吴国后，见勾践"不可与共安乐"，便离开越国。在他给大夫文种的信中有"蜚鸟尽，良弓藏；狡兔死，走狗亨"的哀叹。这些久远的记载，无不向我们透露出这样的信息，即撵野兔、猎杀野兔是古已有之的事情。

不过，野兔可不是什么时候都能撵的。二三月，大地回春，麦苗返青，树木发芽，此时，草低天高，百物一无遮掩，野兔外出觅食，极易被人发现。此时撵兔自然可以，但极少有收获，原因是兔子跑得太快。有道是"兔子的腿，婆娘的嘴"。但见兔子倏忽从眼前窜过，倏忽又在高冈上出现，旷野渠坎都不能阻碍它们。无论是人，还是狗，都追之不及。那在田野上奔跑的野兔，仿佛一道土褐色的闪电，抑或一阵黄风，转瞬即消失得无影无踪。在整个孩提时代，只有一年春天，我在田野中打猪草时，无意中发现麦田里卧着一只小兔子，我眼疾手快将它抓获，此外，再未在春季抓住过任何一只兔子。那只小兔子随后被我带回家，关进一个铁丝编就的小笼子里喂养起来。春夏秋三季，我依次给它喂过青草、豆叶、青菜、萝卜缨等。到了冬季实在无甚可喂时，我就给它喂苞谷壳，甚至通红的柿树叶。自然，兔子也长得很快，从最初的一拃多长，长到后来的一尺多长。年关将至，就在我的小叔父正琢磨着杀了它，用它打牙祭的时候，它竟用利齿咬破铁丝笼，从下水道中逃之夭夭。这事后来让小叔父懊恼了好久，他很后悔没有早日收拾了它。但世上没有后悔药可吃，兔归旷野如鱼游大海，奚复何寻？

杂花生树的四月，麦苗起身长高抽穗。这时，很难捉到兔子。一是怕踏坏了庄稼，二是野兔的藏身地极多。野兔从一块麦田跳入另一块麦田，容易得就跟人会吃饭走路一样。但也不是绝对捉不到兔子。小孩子闲时间多，且心明眼亮，我们经过十天半月的观察，常常会发现很多野兔常爱在一块麦田里活动。于是，我们断定这块地一定是野兔的老窝。乡谚说得好："兔子转山坡，转来转去回老窝。"这样，我们就编了一张大网，于明月清风之夜，在麦田的一端一溜撑起，然后三面站上人，手里拿着棍棒手电，边吃喝边同时往有网的那边走，野兔从睡梦中惊醒，拼命往有网的那边逃，结果纷纷触网，被倒下的网罩住。有一年，我们在小峪河旁边的一块麦田里，就用此法一次逮住了九只兔子，所获可谓丰矣。

五六月夏收夏播的日子里，一般也很难撵到野兔。七八月青纱帐起，兔子更是躲得无影无踪。此时，唯一可捕获到兔子的方法就是用土枪打。猎人把铁砂装进枪管里，然后耐心地在苞谷地里搜寻，他们无声无息，沉默如石，只是睁着一双鹰隼般的眼睛。走走停停间，他们偶然快速端枪瞄准，然后向着苞谷林中，轰然一枪。有时，兔子被打中，向前狂奔十多米，口鼻流血而亡。更多的情况是，惊了枪的兔子，没命地狂逃，眨眼间就消失在一片绿色中。但这些都和我们无关，孩子们只能远远地做一名看客；甚至，猎人们有时怕惊扰了兔子，就连看客也不让我们当。

最让孩子们激动的撵野兔的季节说到就到了，秋收过后，经过几场冷风冷雨，眨眼间就到了山寒水瘦的冬天。广大的关中平原上，天整日灰蒙蒙的，就连近在咫尺的终南山也被浓雾罩住，看上去模糊不清，而失去了往昔的雄伟、壮丽。大约在一个冬夜吧，雪说下就下了。纷纷扬扬的大雪，无声无息，香甜了农人的梦。翌日早晨，也不知道哪位早起的庄稼人惊叫了一声："哦，下雪了!"顷刻，就会有千户万户柴扉打开。众人出门一看，雪还在落着，大地却已是银白一片，树木皆成了玉树琼枝，有麻雀在上面来回蹦跳，叽喳不休。爱叫的雀儿没食吃。麻雀们是否也在惶恐于它们雪后无处觅食呢?但庄稼人并不急，他们知道"雪等雪，落不歇"。这雪还不知要下几天几夜呢!于是，脚手勤的，拿一把扫把，将自家门前院后的雪扫干净，之后万事大吉，等待吃饭;脚手懒的，则连那点雪都不愿意扫。扫它干吗?反正还要落的，等雪停了再扫也不迟，于是，饭也懒得做，再返回屋内蒙头大睡。反正，庄稼人日月多，有的是时间。孩子们则不同，他们疯狂地在雪地里混闹，或打雪仗，或堆雪人，呼啸在村里村外，把整个村庄都闹动了。

　　雪还在落着，直到三日后方停。此时，地面上的雪已积到一尺多厚。有些树木枝柯繁密，承受不了太多的雪，纷纷被压断。太阳出来了，世界顿时变成了一个水晶宫。真正撵野兔的日子终于在孩子们的朝思暮想中来临了。

　　我们三五成群地出发了，走出村庄，奔向旷野，奔向茫茫的雪域，后面跟着几条撒着欢儿的狗。兔饱不出窝。雪下了三天三夜，兔子无处觅食，肚子早该饿得咕咕叫了吧。撵兔寻兔迹，茫茫雪野，兔迹并不是羚羊挂角，无迹可寻。相反，雪停之后，兔迹更好寻。兔子挨不过饥饿，夜间出来觅食，梅花状的脚印便印满雪地，但你不要以为有了这些脚印就能找到兔子，那样，野兔也就不会被庄稼人唤作"鬼兔子"了。雪地上兔迹虽有，但多循环往复，无头无绪，仿佛鬼画符一般，要想理出线索来，着实不易。但莫急，孩子们年年撵兔，且经大人教诲，已知这是兔子放的烟雾弹，设的迷魂阵，目的是想甩脱人们的追踪。孩子们更明白，兔迹往复的地方，往往离兔窝很近，就是兔子的藏身之地。于是，孩子们在兔迹周围的沟坎反复寻找，啸呼跳闹，甚或，点燃事先准备好的二踢脚、雷子炮，模仿枪声，惊吓兔子。兔子受惊，终于被赶出窝，惊慌失措，跌跌撞撞地在雪地上逃窜。因为雪厚，兔子逃跑起来跟跟跄跄，往往逃不了几十米，便被迅疾如箭的狗追上，最终会被扑倒，叼到孩子们面前。每逮住一只兔子，孩子们便一阵欢呼。太阳在逐渐升高，不久就过了正午，撵兔的孩子却不知道饿，还在一如既往地在雪地上奔突。自然，猎获的兔子也在不断增加，很多孩子的手上都拎着捆绑好的兔子。这些兔子虽被绑着，还时不时地挣扎几下，试图逃脱，但均告失败。终于有大人在村头喊了，孩子们才依依不舍地踏着原野的积雪，领着撒欢的狗，回家吃饭。此时，已是半下午了。经大人这么一叫，孩子们才感到奔波了一个上午，肚子早已饿了，但他们的兴致仍很高，仍不停地谈笑着，谈论着晚上如何和家人享用这些美味——

　　而时光便在这些谈笑中悄然流逝，倏忽间，我们的头上已平添了几根白发。

蜻蜓在荷叶上飞

汉代相和歌《江南》曰:"江南可采莲,莲叶何田田。鱼戏莲叶间。鱼戏莲叶东,鱼戏莲叶西,鱼戏莲叶南,鱼戏莲叶北。"它不仅写尽了荷叶的娟美,而且间接地写出了荷花的明艳、美丽。这首民歌,还向我们透露了一个信息,即远在汉时,我们的祖先已广泛地植莲种荷,我们美丽的江南水乡,已有了荷叶摇红的景致。

荷香随清风飘荡,穿越历史的隧道,穿越岁月的烟尘,丝丝缕缕,一路飘来,一飘就是两千多年。如今,不惟燕子斜飞的江南,就是风沙扑面的塞北,也已有了荷的倩影。

我的故乡樊川,就是一个种荷的好地方。

长安居,大不易。其实,这只是在唐代,长安作为都城,对外埠人而言的。真正的长安,可以说是沃野千里,百姓殷富。长安这一名称,是老百姓对安居乐业生活的一种祈盼,但也是一种现实的存在,绝非虚语。我的家乡樊川,就包孕在这片沃野里。樊川地处长安城的南部,它背靠少陵原,南临终南山,西依神禾原,是典型的盆地地形。这里河汊众多,土丰林茂,宜稼宜穑,且风景秀丽。樊川曾是汉代刘邦的大将樊哙的封邑。樊哙乃屠沽之辈,却能凭血气之勇,追随汉高祖逐鹿中原,最终功成名就,封得一片美地,着实令人羡煞。

我出生的村庄叫稻地江村,单听这名字就知道是一个充满水意的地方。事实上，我们村庄的周围确实有很多河，能叫得上名字的就有大峪河、小峪河、洋峪河。此外，还有许许多多的小河汊，仅村庄里，就有三条小溪，它们粼粼地泛着波光，潺潺地流过。春夏，雨水多，河水丰沛，荇草摇曳水中，如婀娜美妇扭动细腰，顾盼生姿；秋冬，河滩上芦荻瑟瑟，水柳殷红，再缀以丝丝缕缕的白雾，衬以林寒涧肃的终南山，那简直是一幅绝妙的山水画或高士隐居图。水多则宜稼禾生长。尤其是夏收之后，水稻就成了秋庄稼中的主打作物。夏日的黄昏，夕阳衔山欲坠，霞光映红村庄，村庄如一个憨憨的婴儿，静静地卧在那里。它的周围是无际的碧绿的水田，蛙鼓阵阵，水声汩汩，蝉噪林荫，那景致确实令人沉醉。辛弃疾所言江南水乡的"稻花香里说丰年，听取蛙声一片"，我想其情、景、境不过如此吧。

而此时呢，最令人迷醉的，还是大片大片的荷田撑满了绿伞，绽放出一枝枝秀出水面的荷花。晚风吹拂，暗香浮动，馨香十里。

荷是我们家乡的叫法，南方称为莲（前面提到的汉代相和歌可为证）。它作为一种既可食用亦可观赏的植物，被广泛地种植着。我们那一带大约在春四月左右植荷，此时，麦子抽穗扬花，野鸡咕咕作鸣。千红落尽，喧闹的春天即将过去，东南风吹着，初夏的脚步，姗姗而至，大地上是一片彻天彻地的绿：田野绿、道路绿、河滩绿、山头绿，就连村庄亦被树荫所盖，炊烟袅袅，像笼在一个温婉的梦里。而乡人呢，此时便忙碌开了。他们在去年冬天预留的田地四周砌上田塍，然后引来渠水，将水活活地放入田中。倾听着黝黑的泥土滋滋的吸水声，农人把锨插进泥土里，让它直直地竖着，然后取出旱烟袋，挖烟点火，吧嗒吧嗒地抽着，悠然地望着田中的流水，望着扬花的小麦，望着蓝天白云、远山近树，笑意便轻轻地浮上了眉梢。工夫不大，田中的水已足，闸上水口，用钉耙把地耙一遍，一块镜面样的水田便已做成。之后，农人把预先准备好的农家肥，一筐一筐地提入水田中，堆作一个个小坟丘状，再给这些肥堆中埋入莲菜种，荷田便做好了。

之后，飞鸟便来光顾。

之后，便可见到孩子们嬉笑的身影。

荷田静静，有白云悠悠飘过，有绿树的倩影在里面婆娑，却唯独不见农人的影子，他们仿佛把这块荷田给忘记了。

其实，农人并没有忘记，他们心里有数。七八天后，或清晨，或黄昏，他们一定会到荷田里去转。此时，如预想的那样，他们会在如玻璃一样透明光滑的水田里，发现许多刚露出水面的小荷。那小荷尖尖的，如小儿之拳，若碧玉刻成，绿莹莹的，星星点点的，缀满田中，似美妇面上的饰花，让人爱怜。

而蜻蜓这时就出现了。它们似乎是躲在夏日某个角落里，一待小荷露头，便悄然地飞临，或栖于小荷之上，或在阳光下抖动着翅翼，在荷田上空飞舞、盘旋，给荷田平添出许多诗意。

"荷花红，荷叶绿，荷田上面蜻蜓飞……"一俟放学，我们一帮小男孩就穿着短裤，光着脊梁，赤着脚板，踩着光溜溜的田塍，在荷田周围转悠，唱着我们自编的儿歌。

捉蜻蜓，是我们最爱玩的游戏。

我们家乡的蜻蜓有很多品种，最常见的主要有四种，一种是红头红身白翼的红蜻蜓，个头儿不大，大约有一根火柴棒那么长，但特别美丽。尤其是在正午的阳光下，红蜻蜓抖动银翼，在荷田上空飞翔，天蓝水清，简直就像一个童谣组成的梦，让人望之迷醉。还有一种是绿蜻蜓，它的通身是暗绿色的，暗绿中还间杂着一些淡淡的麻点，不大好看，也不招孩子们喜欢。还有一种麻蜻蜓，通身是麻褐色，个头有一支香烟那么长，脑袋也大，很凶，被捉住后，冷不丁会咬人一口。孩子们似乎特别恨这种蜻蜓，要么将它捉来后喂蚂蚁，要么就将它活活地喂了大公鸡。还有一种黑蜻蜓，我们又叫它鬼蜻蜓，或者黑寡妇，它通身漆黑，连翅翼也是黑的。它们常常静静地栖息在荷田边比较阴湿、僻静的地方。这种蜻蜓比较安静，如不受外界惊扰，就总是伏在荷叶上、草叶上；若遇到外界惊扰，便会扇动翅翼，缓缓地飞离。其飞翔起来有舞蹈之妙，可惜身上似乎总有一种鬼气，孩子们有一点怕它，从来不敢捉了它来玩。

捉蜻蜓也有技巧。正午和下午都不易捉到，蜻蜓的眼睛是复眼，周围三百六十度它都可以看到，可谓眼聪目明。捉蜻蜓的最佳时间当在每天早晨和黄昏。清晨，太阳刚刚升起，露水还没有退去，蜻蜓的翅翼被夜露所湿，所谓"露重飞难进"，不惟飞不动，且飞不高，蜻蜓便常常静静地伏在荷叶或稻叶上，只要能觅得它的踪迹，一捉一个准。黄昏，太阳落山，远山含黛，夜色如水，弥漫了村庄、原野，此时，蜻蜓的复眼为夜色所限，视物模糊不清，停止飞翔，栖在植物的叶子上，极易捕捉。且在我的记忆里，蜻蜓似乎特别流连荷田，从荷叶出水，到荷叶如盖如伞铺满水田，总能见到蜻蜓密密的踪影。这也许就是古往今来许多从事绘事的人爱画蜻蜓荷叶图的原因吧。

其实，吸引我们到荷田边的原因还有一个，就是荷田里多鱼虾，还有鳝鱼、老鳖。二十世纪七八十年代，农药、化肥还没有被广泛使用，加之荷田、稻田中的水都来自大河里的自流水，故而，田中的水未被污染，水族生物很多，摸鱼捉虾，就成了我们的另一项重要活动。

荷叶摇露的清晨，田水尚凉，水族大多栖息巢中，只有青蛙不惮水冷，扑通扑通地从田塍上跳入荷田里，水中便荡起一阵阵涟漪，荷叶荷花便被搅得一阵阵乱颤，似起过一阵轻风，也不知道它们在呱呱地叫着，忙些什么。夏日正午，骄阳似火，荷田里水温升高，水族类生物相继出笼，鳝鱼探头探脑地从洞中溜出半个身子，轻轻地吐着气泡，睁着一对绿豆大小的眼睛，逡巡觅食。偶受惊吓，便会悚然缩身于洞。不过，孩子们有的是办法。他们找准洞口，赤脚在洞口来回捣弄，不一会儿，就见洞口周围的某个地方，有浑水溢出，接着便见鳝鱼的尾身慢慢露出。原来，鳝鱼被浑水呛得受不了，试图从后洞逃逸，不过，它万万想不到，孩子们正虎视眈眈地望着它呢。伸出食指和中指，轻轻一夹，鳝鱼就成了孩子们的篓中物。寂静的正午，老鳖也往往从荷田中爬出，上到田塍上晒盖，如发现，万不可鼓噪而进，否则，它会扑通一声跳进水里，转眼间便遁入莲丛中没了踪迹。想要捉住它，只能赤脚无声地前进，并迅即将它按住，随手提起，将其抛到远离水田的地方，这下，老鳖就没了辙，只好蠢蠢然缩作一团，做了我们的猎获物。但老鳖十分狡猾，十分难捉，在我的记忆中，常常能捉住它们的，只有看水的水倌。他们整个夏季都在水田边游转，对老鳖的踪迹了然于心，且富有捕捉经验，往往一击便可奏效。此外，用稗草钓青蛙，偷偷下到荷田里摸蜗牛，也是我们常干的事。至于摘下荷叶当帽子顶到头上，摘下荷花拿回家插到花瓶中玩等行为，虽为大人们所禁止，但我们也偷偷摸摸，屡干不爽。

大约在1973年前后吧，我们公社来了一位姓商的书记，此公好标新立异，且好大喜功，竟冒村人之大不韪，推广什么"三六播带"，即把所有的水田都变成旱田，不种水稻、荷，而种玉米、高粱，且只许种六米宽的庄稼，中间空出三米地用作通风透光，胡说什么玉米、高粱高产。村里人尽管进行了顽强的抵制，但终究胳膊拧不过大腿，被迫种上了玉米、高粱。这一年的夏天，蜻蜓少了，青蛙少了，荷田无影无踪，秀美如江南的村庄，一下子少了许多生趣。可笑的是，当年的秋天，玉米、高粱并没有丰产，农人备受其害。所幸的是，那位姓商的官人第二年被调走，村里人立马恢复了原来的耕作模式，于当年夏天起塍引水，植荷种稻。那位商官人后来竟官运亨通，步步高升，但乡人至今提起他当年的愚蠢举动，尚疵议不已。害民一时，老百姓有时是会记恨一辈子的。

　　宋人张商英诗云："莲花荷叶共池中，花叶年年绿间红。"其实，这只是诗人的一厢情愿。人生天地间，匆匆不过百年，长虽长矣，但较之整个宇宙，则如电光石火，瞬息而逝。时变物移，是再平常不过的事，哪里会"花叶年年绿间红"？即使是"花叶年年绿间红"，但此"花叶"亦非彼"花叶"了。昔有僧人问云门宗著名禅师智门光祚："莲花未出水时如何？"师曰："莲花。"问："出水后如何？"答："荷叶。"虽为见佛见性之说，但白云苍狗，斗转星移，心中的那份无奈、岑寂还是隐约可见的。

　　这就是我记忆中的荷田。在我离开家乡二十多年后，由于乡人挖沙取石，致使河床降低，水田减少，植荷种莲之风亦没有昔年的繁盛，而荷田虽还有不少，亦复没有了往昔片片相连的壮阔。不久前回乡下，途经一所学校，听孩子们唱《红蜻蜓》："晚霞中的红蜻蜓呀，请你告诉我，童年时代遇到你，那是哪一天……"不觉唏嘘。

　　我看见蜻蜓在荷田上飞是在哪一天呢？我回答不出。只看见车窗外桃红柳绿，麦苗青青，夏日的脚步愈走愈快了。依稀间，似乎有缕缕荷香飘来……

江村笔记

村庄，或记忆里的村庄

　　村庄叫稻地江村，坐落在樊川的腹地，村南为南山，村北为少陵原，村东为一片川地，村西为神禾原。南山也叫终南山，是历史上许多文人隐居的地方，"终南捷径"的故事就发生在这里。当然，南山亦曾被许多骚人墨客所歌咏，譬如祖咏的"终南阴岭秀，积雪浮云端"，譬如王维的"太乙近天都，连山接海隅"等。至于少陵原和神禾原，一说为汉宣帝和其皇后许平君的埋骨地，一说为传说中神农氏发现大谷穗的地方，均是一些有来历的所在。尤其是少陵原，当年大诗人杜甫、杜牧均在此居住过，不同的是，杜甫住在原畔，杜牧住在原下，今韦曲南牛头寺附近之杜公祠，就是杜甫当年的卜居地；而杜牧在此生活期间则留下了《樊川文集》。

　　少陵原畔还有兴教寺，和我的家乡隔河相望。寺为唐高宗年间所建，因建有高僧玄奘法师的舍利塔而闻名。寺里住有数十名僧人，至今香火不绝。寺为大寺，过去有庙产、有土地。少年时代，我曾不止一次看到僧人们在地头劳作，也曾不止一次听到从寺里传来的悠扬钟声。就在前不久，我见到了摄影家宋艳刚先生的一组佛教摄影作品，其中有一幅夏收季节僧人们收割麦子的照片，这勾起了我对兴教寺的回忆。我一时激动，还写下了这样一首诗：

目光隐隐，
掠过时空。
如鸟之翼，
穿越青山，
穿越夏日长林。

季节的钟声敲响，
由寺院里，
自隐者的心中。

五月人倍忙，
不惟农人，
连僧人，也放下木鱼，
走出寺庙，
走向田野，
让新麦的清香，
一直氤氲进心底。

只有我，
和那位稳坐在寺里的老衲，
在季节之外。
一任时光之水，
淙淙流过，

让无弦的琴音，

在心中铮铮作响。

村庄还被两条河环绕，村南为小峪河，村北为大峪河，两河在村庄西北角相会。村庄便如一个半岛，抑或一个婴儿，静静地躺在两条河的臂弯里，做着香甜的梦。事实上，村庄过去应叫岛地江村，后来村人将名字叫转音了，以致以讹传讹，最终叫成了稻地江村。不过，叫稻地江村也不为过。我们村庄因地势低洼，又有两条河环绕，过去确实多水，不说村外，仅村庄中就有三条清泠的小溪，由东向西流过。有河有水，便有鱼虾生焉，便可植稻种荷，夏日，便可见到成群的蜻蜓在水田上空飞，亦可见到田田的莲叶在风中摇曳；秋日，便可见到成群的麻雀在天空呼啸着飞过，还可嗅到大片成熟的稻谷散发出的香气。可惜的是，这已是昔年的情景了，或者说是我记忆中的情景了。近十多年来，由于乡人过度挖沙采石，致使河道下沉，水位下降，稻田变成了旱田，昔年宛若江南的情景已不复存在。如今的大、小峪河里，日夜流淌的是黄泥水，鱼虾死尽，河边的树林被毁，河滩上满目疮痍，家乡母亲的肌体正在被毒汁侵蚀，让人看了心痛无比。我过去回家乡，每次都要到小峪河边去溜达，看清澈的河水，听林中斑鸠叫，在河滩上的白石上坐坐，抽支烟，想想心事。前面是黛色的终南山，身边是一年四季歌唱不息的小峪河，身后是父母生活的村庄，每每此时，我便感到一种踏实、一种安静。但最近这些年，我回到故乡，已不再到河滩里去转，我怕损毁了我记忆中的美好情景，更怕见了如今小峪河的惨景而伤心流泪。

记忆里的村庄还有什么呢？还有我三千多父老乡亲，还有四通八达的街道，有赵家巷、关家巷。村庄的四边过去还有炮楼，那是防南山上的土匪用的。村中还有两座庙宇，村北的叫黑爷庙，村南的叫三义庙。黑爷庙里供奉着黑爷神。据说黑爷是南山里的一条乌龙，是我们村庄的保护神。村人特信奉它，不但在南山上的嘉午台上给它修建有庙宇，为了便于祭祀，还在村中给它修建了庙舍，修建了酬神用的戏楼。这些建筑大多修建于清末或民国年间，古朴、雄伟、肃穆，青砖青瓦，雕梁画栋，可惜均在"文化大革命"期间被拆毁。此外，村南和村西还有两座水碾，水碾的水直接取于村南的小峪河，村人称之为天河，意思是水位很高的河。这两座水碾也在20世纪70年代被拆掉了。拆村南水碾的时候，还从石墙中拆出了三四斗铜圆、铜钱，当时我正上小学三年级，恰好那天中午无事，还和一帮同学赶到水碾坊上，看了半天热闹呢。事后，据村人讲，那些铜圆、铜钱是碾坊主人藏匿的，不过，这些东西后来都通过村革命委员会捐给了公家。

以上是我对村庄的一个大概描述。其实，村庄里还有很多有趣的东西、有趣的人事和有趣的景物。譬如何姓财主的庄园，譬如村东北大峪河畔的园林场、村西的草袋场等。还有我的父母、我的族人、我的学校、我的老师和同学，还有我们村周围广大的田野，原野上埋葬着的祖祖辈辈，以及村庄周围的一些村庄，等等。记忆里的村庄还有什么呢？还有唐代诗人孟郊游览终南山时写下的一首诗："见此原野秀，始知造化偏。山村不假阴，流水自雨田。家家梯碧峰，门门锁青烟。因思蜕骨人，化作飞桂仙。"从孟郊的诗中，便可以想见我们村庄昔年的美丽了。可惜，这些和我的记忆一样，如今都已化作了尘梦。

场　　院

风从南山上吹来，有时细细弱弱，有时强劲有力。但不管如何，它都要在场院上逛荡一圈或无数圈后才离去。风是多情的、可爱的，它把场院当成了它的孩子，来回地抚摸，场院便被梳理得干干净净，有时简直连根草棍都没有，这让我们一帮孩子很高兴，因为，我们可以在场院上尽情地玩耍，翻三角、滚铁环、玩弹球、斗鸡……当然，还可以疯跑。这种时候一般是在春季或秋收以后，这时，场院上再也没有了农事，没有了禾稻堆积如山的情景，没有了大人们忙碌的身影，它一下子变成了我们小孩子的天地，也变成了我们的乐园。

　　场院其实就是我们生产队的打谷场，位于我家的南面，和我们家隔了一条小溪。叫场院的原因无他，只因它的四周，都住有人家，这样，虽说它是一个农场，却更似一个大院子，于是，它便被大家称作了场院。场院不大，有六七亩地的样子，可它当时在我们的眼里，已经是很大的地方了。场院一年中被用得最多的时候是夏秋两季收获季节。每当这两个时节，生产队里所有田地上出产的东西，便被全部搬到了场院上。这时，场院上便像召开了一届庄稼的博览会，有麦子，有水稻、谷子、玉米、大豆、红薯，等等，不一而足。这里面，除了麦子是夏季作物外，其余都是秋季作物。有了这些庄稼，场院便不再寂寞，它日夜释放出来的都是热闹的说笑声，以及电碌碡、脱粒机的轰鸣声。这样的场景也就持续一个月左右，场院便又复归沉寂。而此后呢，场院里便有了麦秸垛或稻草垛，便成了鸟群呼啸出没的地方，自然，还有我们这帮孩子。不过，有时我们玩，鸟群也在快乐地觅食；有时我们疯闹，鸟群便被惊得四散逃离，它们只能远远地飞开，栖息于场院边的树上或者人家的屋脊上，叽叽喳喳地叫着，惊疑地打量着场院和在场院中玩耍的孩子们。

　　幼年，我曾无数次看见父亲带领乡亲们在场院里忙碌。父亲是生产队队长，每年的夏忙季节，他都会做碾场的事，好像这件事是他的专属一样。正午，炎炎的烈日下，我总见他头戴一顶草帽，脖子上搭一条被汗水浸湿的毛巾，戴一副墨色石头镜，穿着短裤背心，斜拉着电碌碡，在场院里碾场。一场院金黄的、虚泡泡的麦子，在电碌碡反复的碾轧下，逐渐变得紧凑。之后，一些社员用杈将这些平复的麦子一杈杈挑起，来回抖动，待到麦粒洒落到地面上后，放下麦秸，再挑下一杈。原来紧凑的麦子，在社员们一杈杈的挑抖下，又变得蓬松起来，这样，喝够了水，歇过了劲的父亲，便又拉开闸刀，让电碌碡在场院里奔跑，直到把这一场院麦子碾干净为止。而父亲歇息时喝的水，大多是我从家中的老井里汲出的清凉的井水。我每次看父亲喝完水后惬意、满足的样子，心里都会升腾起一股甜蜜。

如今，场院已不复存在，20世纪70年代，它先是被一个大园子所取代，园子四周加筑了夯土的围墙，园子里盖有豆腐坊、粉坊、猪场、磨坊、碾坊。后来，园子被拆毁，它又变成了村人的宅基地，场院上面盖满了房屋，成了人家的院落。而我所挚爱的父亲，就在两年前，也已离我而去，静静地躺在了家乡的原野上。只有南山上的风，还一次次地吹进村庄，吹到人家的屋檐上，但却怎么也找不到它所熟悉的场院。

豆　腐　坊

从我家的大门口出发，横穿过街道，再穿过一座小石桥，便进入了一个六七亩地大的大园子，园子的东面一溜儿排列着四间草棚房，其中靠南的两间住着我的小伙伴喜子一家，靠北的两间便是我们生产队的豆腐坊。豆腐坊和喜子家中间，有一道土坯墙隔开着。豆腐坊的所在地，其实就是我们队过去的打谷场，后来打谷场西移，它的四周被砌上围墙，便成了一个大园子，园子里有生产队的磨坊、碾坊、粉坊，有养猪场，还有豆腐坊。除了这些建筑物外，还有一大片空地。夏收以后，土豆下来，生产队开始做粉条，这片空地上，便时常会竖起一些一人多高的木头架子，架子上挂满了白花花的、刚漏下来的粉条，阳光下，闪着亮亮的光。放学后，我们到园子里去玩耍，时常会假装着从晾粉架下过，趁大人们不注意，偷偷撕下一把两把粉条，装进衣服口袋里，迅速逃离，然后到园外分享。刚漏下来的粉条还没有干透，吃起来软硬刚好，还有一丝淡淡的香味，很好吃。但生产队漏粉，也就那么短暂的二三十天，不像豆腐坊，里面天天都是热气腾腾的，灯火闪亮。因此，相比较而言，我最爱去的还是豆腐坊。

豆腐坊其实离我们家很近，说穿了也就隔着一条三四米宽的路和路下一条一米多宽的小溪，可以说一抬脚就到。小溪的水一来自村南的小峪河，二来自学校里的一口曳水泉，两股水在三义庙门前相会，然后北流一阵子，向西一转，流经我家的门前，再一路向西，一直流向村西的稻田里。溪水清泠，里面有鳝鱼、鲫鱼，运气好的话，有时还可以在里面捉到老鳖。溪岸边多高杨大柳，春夏时节，一街道的绿荫，鸟雀在树间欢叫，人在街道上行走或者歇息，都会觉得惬意。最有意思的是，夏日的晚间，人们端了饭碗，坐在门前的大石上纳凉，萤火虫就在溪边飞来飞去，发光器一闪一闪的，有时竟会飞到人的面前，栖息在人的碗沿上。每当此时，大人们会用筷子将其掸落，小孩子呢，则会把萤火虫捉住，将其放进一个空玻璃瓶里，睡觉时将玻璃瓶置于床头，梦里便有亮着的萤火虫在飞翔。豆腐坊里做豆腐用的水，就取于我家门前的这条小溪。

在豆腐坊里做豆腐的是四爷。四爷姓禄，那时也就五十岁的样子，但头发已经开始斑白了。我不知道四爷叫啥名字，只听大人们叫他成叔，大约他的名字叫禄什么成吧。我和一帮小伙伴常常在门前玩耍，若是看见四爷伛偻着腰在溪边用竹笼淘豆，就知道四爷又要做豆腐了，我们就会冲四爷甜甜地叫一声："四爷，淘豆哪！"四爷就会闷声说："是呀，又要做豆腐了，你们一会儿来吃豆腐锅巴吧。"我们便会答应一声，然后继续玩耍。我们知道，淘洗干净的黄豆，还得放到石磨上，由小毛驴拉动石磨，将豆子磨成浆，然后把豆浆放进添了水的大锅里，之后用麦秸火烧开，用卤水或石膏点了，才能变成豆腐，而把这一切做完，最少也需半个时辰。因此，我们并不着急。又玩了一阵子，估摸着豆腐锅快开了，我们才呼啸着奔进豆腐坊。果然，豆腐锅上，已经热气腾腾了。四爷正俯身锅上，用一根竹棍揭豆腐皮。见状，我们也围住锅，折了小竹棍，在锅里乱挑豆腐皮吃。新出锅的豆腐皮油油的，有点咬头，好吃极了。待到三遍豆腐皮揭过，豆腐也已在锅中结成了块。四爷便吩咐帮手，展开豆腐包，把豆腐块带水，一瓢一瓢地舀进豆腐包里。豆腐包是用细纱布做的，放在一个大瓦盆里，瓦盆下面是一个木质的"井"字架，架下是一口半人高的老瓮。经过豆腐包的过滤，豆腐留在了纱包里，豆腐浆水则顺着盆沿，流进了下面的瓮里。等到包里的豆腐满了，四爷便会和帮手扎紧豆腐包口，然后，在包上再倒扣一个和下面一样大的瓦盆，这样，豆腐就做成了。只等热豆腐冷凝后，第二天解了纱包，就可以运到集市上去卖了。我们最急切等待的是四爷扎紧了豆腐包那一刻，这时呢，四爷便会把锅里剩下的豆腐和铲下的锅巴分给我们吃。豆腐锅巴上有很多细细的眼儿，吃起来有一点焦煳味，味道很特别。至今，我还记得我们吃焦煳了的豆腐锅巴时常爱说的一句话："吃焦锅巴，拾银子呢！"

　　我爱去豆腐坊还有一个原因，就是可以到喜子家院子里玩。喜子家的门朝东开，豆腐坊的门朝西开，两处虽共用四间草棚，但却并不相通。喜子家在园子外，院落很大，院中有六七棵高大的槐树，树下有一平坦的大石，我们常在院中打扑克、玩跳房子。尤其是五月，槐花盛开的时节，万花浮动，轻风吹过，甜香满院，人如在梦里。每每此时，我便看见喜子那眼盲的妈妈静静地坐在门前，白净的脸上，挂满平和、慈祥，如一幅动人的画。

　　岁月悠悠，如今豆腐坊已荡然无存，就连四爷和喜子的妈妈也已作古，他们的坟墓上，早已草色青青。但豆腐坊里所散发出的豆腐的香味，以及喜子家院中槐树所散发出的幽幽花香，却时常在我的梦里萦回。它们似南山上的远岚野烟，又似时不时涌上我的心头，让我挥之不去的淡淡乡愁……

马房里的麻雀

我们村的小学在村南，每天上课的时候，我们都能听到牛马的叫声。尤其是春天，正值牲口发情时节，驴马的叫声便异常的尖锐、响亮，有时简直称得上是响彻云霄了。这不奇怪，因为我们的学校就临着生产队的马房，隔着一条路，马房就坐落在学校的西南方向，不远，也就是百多步的样子。马房是我们生产队的，我们村共有十四个生产小队，我们队是第七生产小队。马房由四间东西向鞍间房组成，门朝北开，正西是两间土棚，土棚里一年四季储满一人多高的干土，那是用来垫牲口圈的。牲口也需要一个干爽的起卧的地方，它们不能总卧在自己的粪便里，那样，会生病的。马房的正面是一个不小的空场子，那里常常堆满牲口粪，每年的冬日和春日，我常看见本队的女社员围着巨大的粪堆，用镢头将大块的、干硬的牲口粪捣碎。这些被捣碎的牲口粪，随后会被身强力壮的男社员，一架子车一架子车地拉向田野，撒进冬天的麦田里，或者刚收割过麦子的麦茬地里。这些上好的肥料，将会使大地变得更加郁郁葱葱，也会使村民们心里更加踏实而充满喜悦。马房里有十七八头牲口，计有十头牛，还有七八头驴、骡、马，这些牲口被人们亲切地称为大牲口。我们在课堂上所听到的叫声，大多是这些大牲口发出来的，它们比牛欢实。牛比较沉默，也很老实，顶多发出一些低沉的哞哞声。那声音听起来有些凄清，有时还会让人没来由地感到一丝淡淡的哀伤。

马房的饲养员是二叔。二叔是大人们叫的，我们叫二爷。其实二爷年纪并不大，也就四十七八岁的样子，只是因为在村里，他家辈分高，我们才按辈分这样叫的。乡人有言："人穷辈分高。"这话一点不假，二爷直到三十岁上下才娶上了二婶（按说应叫二奶，但大人都让我们这样叫，也许是二婶年轻的缘故吧），并接连养下一双儿女。

饲养员不是一般人能当的，也不是谁想当就能当的。在那个大讲"阶级斗争"的年月里，要做一个饲养员首先需根红苗正，政治上要可靠。如果政治上有问题，譬如家庭出身不好，是地主或者富农，那是根本当不了的。就是你想当，人家还不放心，怕你搞破坏呢。这一点，二爷没有问题，由他算起，他家祖上三代都是贫农，他本人在新中国成立前还要过饭呢。其次，当饲养员得能吃苦，每天铡草、垫圈、喂牲口不说，还得长年累月住在马房里。牲口是很辛苦的，也是很娇气的，它们每天凭的就是那口夜草，有道是"马无夜草不肥"，说的就是这么个理儿。这就要求饲养员天天前后半夜，得起床给牲口喂料。牲口不能吃放置时间过久的草料，那些草料已经疲了，牲口吃了不好消化，容易积食生病。这些，二爷也能做到。可以说，二爷是我们生产队最佳的饲养员人选。马房里的活儿是这样的多，因此，二爷当了饲养员后，尽管他住在村里，马房离村庄又不太远，但二爷却很少回家。大多是到村里磨坊给牲口磨饲料时，才抽空回家看看。他一天三顿饭，都是由二婶或一双儿女给他送过去的，风雨无阻。要说不同的话，晴天丽日，是用碗端过去的；雨雪天气，则是用一只陶罐送去的。二爷从不挑食，送啥吃啥。而且，他的胃口极好，每顿送过去的饭，他都能吃个干干净净，从来不剩。二爷一心扑在马房里，扑在牲口身上，对家里的事管得极少。好在二婶能干，屋里根本不要他帮啥忙。而一双儿女也都是十五六岁的人，可以顶半个人用。这样，二爷在家里成了一个真正的"甩手掌柜"，而在生产队里，则成了一个年年拿奖状的好社员。

二爷个儿不高，光头，小眼睛，见谁都笑眯眯的，又没有脾气，因此，我们一帮孩子特别喜欢他，也喜欢到马房里去玩。我那时大约九岁的样子，上小学一年级，正是能疯闹的年龄，加上课又不重，便常逃课，和三两个要好的小伙伴去马房里瞎混。我们帮二爷拉土垫圈，用大扫帚帮着刷洗骡马，看驴儿打滚，到槽边帮着喂牲口。玩厌了，便到马房周围的田野里逛荡。马房的东南西三面都是田地，东南面种着水稻，西面则是一大片荷田。六七月间，荷叶田田，蜻蜓满天空。微风过处，花叶摇曳，香气沁人心脾。我们有时在田塍上捉黄鳝、抓青蛙；有时则直接下到荷田里捉蜻蜓，或者摘了荷叶顶到头上当帽子，而后者，往往遭到二爷的呵斥。二爷说，摘了荷叶，雨水会灌进残留的荷梗里，莲藕便会变坏。是真是假，谁也说不清，但从此，我们便不再摘荷叶玩。

马房里最有意思的时光在冬天，尤其是在落雪的日子里，此时，空气冰冷，大地一片银白，而马房里则温暖如春。我们坐在烧得热腾腾的炕上，有滋有味地打扑克、玩三角，或者下到地上，帮二爷给牲口拌料。牲口到冬天比较可怜，它们没有青草可吃，只能吃一些铡好的干麦草或者干青草。这些干草没有多少养分，吃久了，牲口会掉膘，这时呢，就要给草料里撒一些磨好的精饲料。这些精饲料大多是磨碎的黑豆，有时也有磨碎的豌豆、黄豆，有了这些东西，牲口吃起来便异常的欢快。但这些精饲料，也引来了贪嘴的麻雀。它们呼啸着从门窗、椽眼里钻进马房内，叽叽喳喳地叫着，在马槽里跳来跳去，和牲口争抢饲料吃，一点也不惧怕牲口。偶尔，牲口晃动一下脑袋，或者打一个响鼻，它们就会扑棱棱飞起，但旋即又落到马槽边，再伺机下到槽里啄食。只有人能阻止它们，但谁又能长久地立于马槽边呢。二爷奈何不了这帮麻雀，我们却有的是办法。待到马房里的麻雀成了群，我们一帮小男孩便会一人拿上一把大扫帚，悄悄地移动到门窗边，把守住麻雀的退路，然后一起呐喊，并挥舞着扫帚在空中乱抽。受惊的麻雀东碰西撞，纷纷被我们抽中落下。往往一场捕捉下来，我们能猎获一二十只麻雀。二爷时常劝我们说："以后莫再打杀麻雀了，它们土里寻食，不妨害谁，也是一条命呢！"但我们那时年纪尚小，根本不把二爷的话当回事。

大约是1970年吧，我们那一带秋季遭受旱灾，庄稼大量减产。第二年的春天，家家粮食普遍不够吃，闹起了春荒。虎穷了搜山。有人突然举报说，二爷偷了生产队的马料。于是，一伙人拥进二爷家，不由分说，一阵乱翻，居然搜出了半斗黑豆。二爷百口莫辩，被打成了挖社会主义墙脚的坏分子，饲养员当不成不说，还遭受了大会小会上的批判。二爷受辱不过，便在一个无月的夜里，含恨跳进了村西的一口曳水泉里。等人们发现他时，他已死去多时了。二爷的遗体后来被运回了村里，下葬那天，大雨滂沱，平地积水成渠。在送葬归来的路上，我突然想到了温暖的马房，想到了那些叽叽喳喳鸣叫的麻雀，想着从今往后，这世上再也没有二爷了，不由泫然泪下。

自此，我不再捕捉麻雀，也不再去马房。至于村西的曳水泉，自从二爷跳进去自尽后，我再也没有去过。时光荏苒，经过数十年的淤塞，曳水泉为乱花野草所覆，怕早已成了荒滩了吧。

园林场往事

每年大雁开始北飞时，我都要随叔父去村里的园林场玩。这个时节，园林场里可谓花事繁盛，美不胜收。先是杏花开放，随后桃花、苹果花也次第开放，或粉白，或嫣红，吸引得蝴蝶在花丛中流连，吸引得蜜蜂不分昼夜奔忙采蜜，也吸引着我在果园里疯跑。园林场是我们村的一个大果园，在村庄的东北角，北临大峪河，有千亩之巨。它的最北边的界线，就是大峪河的河堤。河堤是由脸盆大的石头垒砌的，有一人多高，由西向东，随了河的走势，蜿蜒而去。丽日晴空下，像一条白龙，或者，像巨大的长长的手臂，而园林场就静静地躺在臂弯里，如一个憨憨的婴儿，一年四季，做着彩色的温暖的梦。叔父是园林场里的一名技工，上过几个月县里举办的果木培训班，很爱果木园艺。说是技工，实际上他什么活都干，冬天给果树上肥、剪枝，春夏给果树打药、浇水，秋天看守果园、摘果。总之，一年中是手脚不停，忙得像一个陀螺，在季节这根鞭子的挥舞下，滴溜溜乱转。我那时年纪小，还没有上学，便时常随了叔父，到园林场玩。

园林场里有许多好玩有趣的事。譬如，冬天叔父给果树剪枝时，我便围在他身边，看他一手把住树枝，一手执剪，咔嚓咔嚓，动作流畅地修剪树枝。在如音乐般美妙的剪刀声中，果树的荒枝、败枝，纷纷落下，我便帮助叔父把这些剪下的树枝捡起来，归拢到一块儿。有时，遇到较高的略大的枝条需要剪断，叔父就会爬上"人"字形的矮梯，用一把手锯，慢慢地锯。这时呢，我便不失时机地用双手扶住矮梯，以防梯子不稳，将叔父摔下。每每此时，叔父总要回过头来，爱怜地看我一眼。那目光里有慈爱、有期许，但更多的是欣慰、怜惜。除了给果树剪枝，如果冬天太冷，叔父和工人们还会给果树的主干刷上石灰水，或者，将稻草拧成粗草绳，把半截树干缠绕起来，以此给果树保温，以免果树被冻死。

夏天呢，园林场里则是墨绿一片，由于水、肥、光照充足，果园里显现出一派生机，桃树碧绿，苹果树粉绿，梨树翠绿，一眼望去，棵棵果树都宛如绰约美少女，风致可人。果园中有金龟子在树间嗡嗡地飞，有知了在叫，有蝴蝶在缠绵起舞，还有色彩斑斓的瓢虫静静地伏在果树叶上。但千万不可被眼前的美景所迷，更不可粗心大意。因为，此时正是各种害虫猖獗之时，也是果树易受旱魃侵害之时，这两项，无论遭遇哪一项，果树都会减产。唯一的办法就是打药防虫，给果树勤浇水。这时呢，工人们就会配置好波尔多液，用喷雾器给果树打药。叔父告诉我，波尔多液是用硫酸铜、生石灰和水配制而成的，由一个名叫米亚尔代的法国人在波尔多城发现的，因此叫波尔多液。工人们一年中要给果树打三四次波尔多液，果树刚落花后要打，果树刚坐果时要打，多雨时节也要打，主要给苹果树、梨树、葡萄打，可预防果树落叶病、烂心病、果锈病等。桃树是不用打的，桃树对铜过敏，如给桃树喷波尔多液，便会把桃树喷坏。整个孩提时代，我曾多次随叔父给果树打过波尔多液。如果打药那天，我恰好穿的是白衣服，我的衣服上便会有星星点点般淡淡的蓝色，而回家后，这个秘密也总会被母亲猜中。母亲总是温和地问："又给果树打药了？"我起初弄不明白母亲是怎么知道的，还以为是叔父告诉她的。及长，我才明白，母亲也曾给果树打过药，她知道波尔多液是天蓝色的。

时令进入六月，园林场里的果树已普遍挂果，且已逐渐变大，有了一些淡淡的味道。为防孩童和牲畜进园糟蹋，便需人来看管。从这时开始，一直到秋末果园净园，叔父便很少回家，他吃住大多都在园林场里。这段日子，我也很少去园林场，因为场部有规定，不准闲散人员进园，我只能眼巴巴地盼着叔父回来。尽管有规定，但叔父有一次还是破例把我带进了园林场，而且在果园里住了一夜。那次，我除吃了一肚子桃子、苹果、梨、葡萄外，还难得地在搭起的高架棚上做了一次守夜人。我起初随叔父到果园里巡视了一圈，随后便回到高架棚上，边看夜景边和叔父瞎唠嗑。果园里的夜晚棒极了，夜风吹着，看满天如拳的星子眨巴着眼睛，听着各种昆虫的合唱，你会觉得这样的夜晚真是美妙极了，也神秘极了。唯一让人受不了的是蚊子太多，这些蚊子都是荒草中生出的饿蚊子，遇人猛叮，一叮一个大红疙瘩，特厉害。但叔父有的是办法。果园就建在河滩地上，多的是蒿草。把蒿草刈倒，晾干，拧成火绳，临睡前在高架棚下点燃，会散发出一种辛辣味，蚊子一遇到这种烟味，便会四散逃窜。这样，我和叔父也就不惮蚊子的叮咬了。

1982 年，我离开家乡到西安上学，从此，便再没有去过园林场。只是在偶尔回家时听叔父讲，村里把园林场承包出去了。后来，园林场几经易手，因承包人只顾产出，不进行投入，又疏于管理，园林场变得越来越不成样子。先是果树大量死去，后是承包人看到种植果树利润不高，干脆把部分果园毁掉，开挖成鱼塘，建成采石场，这样，园林场便几乎被毁坏殆尽。叔父每次提及园林场被毁一事，都痛惜不已。2010 年春天，正当桃花满天红的时节，叔父却因病悄然离开了人世，静静地躺在了家乡的蛟峪河畔。得到叔父谢世的消息，我想到幼年随叔父到园林场的那些往事，不由怆然泪下。叔父的墓地在村南，尽管离园林场很远，但幸运的是，墓地的西边却有一片他一生挚爱的桃林，想来他在另一个世界里，也不至于太寂寞吧。

雪　忆

也许是环境改变了，也许是别的什么原因吧，一个规避不开的事实是，近十多年来，西安这个地方，每年冬天，是愈来愈少下雪了。去年冬天尤甚，整个漫长的冬季里，就没见过一片雪。气象部门今天报道说明天可能有降雪，明天报道说后天可能有降雪，市民们望眼欲穿，但连一片雪花，也没有落下。可今年就不一样，元旦刚过去三四天，长安大地上就飘飘洒洒地落下一场大雪，市民心花怒放，心怀大畅。

落雪了，可以到原野上去踏雪，可以到古刹里去寻梅，可以到公园里去赏雪，也可以一个人坐在家里，温一壶酒，或者沏一杯茶，慢慢地啜饮。"绿蚁新醅酒，红泥小火炉。晚来天欲雪，能饮一杯无？""寒夜客来茶当酒，竹炉汤沸火初红。寻常一样窗前月，才有梅花便不同。"品饮着茶或酒，在心中默诵着古人的诗词，会感到别有一番情趣。当然，也可忆旧，譬如，想一想自己这一辈子曾经经历过的落雪。

仔细回想起来，我经历过的落雪，何止数十次。但真正让我记忆深刻的，还是在乡下经历的那些落雪天。

我的家乡在西安城南的樊川，距城区三十多公里，过去是京辅之地，汉代属于皇家的上林苑，有唐一代，则属于达官显宦的居住区。这里风景秀丽，它南临终南山，北依少陵原，西连神禾原，川内河网密布，土地肥沃，草木茂盛，鸟飞兽走，是一个宜稼宜居的好地方。历史上，有很多诗人都曾在此卜居，如杜甫、杜牧，即在此居住过多年，并留下很多诗篇。少年时代，我曾在这里生活了十多年。可以说，我对家乡的一草一木都熟悉、都热爱，这里面，当然也包括落雪。记忆里，每逢下雪时，故乡的天空总是阴沉沉的，平日清晰可见的终南山，也隐藏在一片云气里。天阴着阴着，便飘起了雪花，起初是一片两片的，不久便成了风搅雪，成了漫天大雪。顿时，天地为之一白。下雪了，我和小伙伴们欢呼着，在风雪中疯跑，一任雪花飘落进我们的脖子，吹打在我们脸上。但这还不是让我们最兴奋的，最兴奋的是在雪后，我们可以领上狗，到田野中撵野兔。一天一夜的大雪，雪霁后，原野上白茫茫一片，积雪足有半尺厚，踩在上面，如踩在海绵上，发出一种吱吱的响声。太阳出来了，阳光照射到雪地，雪光反照，雪地显得更白更亮了，刺得人连眼睛都睁不开。但我们不管不顾，六七个人，还是义无反顾地奔向了旷野。大雪天，落雪覆盖了原野，兔子夜间出来觅食，便会在雪地上留下一溜溜足迹。尽管兔子也进行伪装，在兔子窝附近反反复复地跑，雪地上，足迹如麻，纷乱不堪，但如仔细搜寻，还是能找到兔子的藏身地。如果实在找不到，兔子胆小，还可以点响炮仗吓唬它们。在"嘭——，嗵——"的二踢脚声中，兔子终于绷不住，"嗖——"地跑出了窝，像一支离弦的箭，向前蹿去，身下腾起一股白色的雪雾。说时迟，那时快，在孩子们的惊呼声中，身边的狗，已像一道闪电，向兔子蹿出的方向驰去。不用急，雪厚，兔子腿短，跑起来跌跌撞撞，跑一阵子，便会力不从心，只有在雪地上踉踉跄跄、胡乱蹦跳的份儿了。果然，工夫不大，狗就撵上了兔子，而且一口把兔子叼住，掉头跑回来。我们从狗嘴里取下兔子，将其放进提前预备好的布口袋里，又继续向旷野深处走去。

落雪天值得一记的事情还很多，譬如，到冻住了的河面上去溜冰；像闰土一样，在院子里的雪地上扫出一块空地，撒上稻谷，用筛子罩麻雀；堆雪人、打雪仗；正月天，在雪夜里玩灯笼……一年一年，我就这样过着，直到慢慢长大，进入西安城里。

在西安工作和生活的这些年月里，我唯一能记住的落雪，大概要算1995 年的那场了。那时，我在小南门里的一家单位上班，妻子则在自强西路上的一家单位上班，女儿只有五六岁，在送变电公司幼儿园入托。为了照顾妻女，我只好把家安在纸坊村。纸坊村是一个城中村，在小北门外，距北城墙也就五百米的样子。每次回长安老家探望父母时，我都要和妻子领了女儿，从纸坊村出发，步行穿过陇海铁路，穿过环城北路、护城河，到达小北门。然后，顺着环城公园，边走边玩，到达北门，从北门内乘车回长安乡下。而途经环城公园的这段时光，则成了我们一家人最开心的时刻。尤其是女儿，尤为兴奋。那时，环城公园已整修完毕，公园内环境很好，花木扶疏，芳草满地，曲径通幽，游人稀少，在熙攘喧闹的城市里，实为一难得的清幽之地。我们在里面慢慢地走着，女儿则像一只欢快的小鹿，一不留神，就跑入了旁边的草地或树丛中，我们在后面追赶，留下一路欢乐的笑声。这年的冬天，我们再次回乡下，待返城时，天空却落雪了，飘飘洒洒的雪花，像漫天飞舞的蝴蝶，工夫不大，便让大地披上了银装。见雪下得大，父母劝我们第二天走，但这怎么能行呢，明天我们都要上班。没办法，我和妻女只好冒雪返城。好在还顺利，下雪天乘车人少，坐长途车，倒公交车，一个多小时的样子，我们就到了北门。下车，沿环城公园往家走。没想到，进入环城公园后，平日冷清的公园里，却显得出奇的热闹，许多孩子在里面打雪仗、堆雪人、溜冰。见此情景，原来走得好好的女儿，也闹着要去溜冰。可她技术实在太差，一上去就连摔几跤。惹得我们又好气又好笑。无奈，我和妻只好一人拉着她的一只手，牵着她向前滑，她则像一只秤砣似的，两脚着地，身体下沉，吊在我们臂间。女儿大呼小叫着，显得异常开心。就这样，一路向前走着，滑着，不到半个小时，就到了小北门。可女儿显然没有过够溜冰的瘾，不愿回家。怕她感冒，我们只好答应她明天下午下班后再带她来玩，这样，才好歹把她哄回了家。次日，我们没有爽约，真的带女儿又去溜了一次冰，而这也几乎成了我对西安雪天的唯一记忆。

　　时光如流水，不觉间，女儿已长大工作，我也在渐渐老去。岁月则把我对雪的有关记忆，剪辑成一帧帧剪影，每当飘雪的日子，便来回在我的脑中回放，而时间愈久，情景便愈加的清晰。

绒线花静静地开

　　刚来西安的最初几年，因单位没有住房，我曾在小北门外的纸坊村租住过一段时间。出小北门，过陇海铁路，工农路两旁挨挨挤挤地盖着一片小二楼，这就是纸坊村。进村，小街小巷曲里拐弯，如斗折蛇行。居民多为当地人，但也有如我一样的外来户。久居古城的人，都知道这里属于道北（铁道以北），风气不好，闲人多，混混多，打架斗殴多，街痞小偷多，有道是："出了北门上北坡，闲人要比好人多。"说得虽有些刻薄，但也是事实。这种社会现象的形成，既有历史的原因，又有现实的原因，不谈也罢。前几年，西安有位作家的作品被拍成了电视剧《道北人》，它替道北人说了很多好话，收视率也很高，但地道的西安人似乎从内心深处还是对道北人存有偏见。

　　我赁居这里还有一个原因，就是能照顾上妻子女儿。妻子当时在纸坊村附近的一家企业上班，怕她辛苦，租房就得租得离她单位近一些。女儿当时只有四五岁，小脸粉嘟嘟、红扑扑，正是如小猫小狗般人见人爱的时候，就被送到了附近变电器厂幼儿园。那是当地一家很不错的幼儿园，价钱虽贵一些，但老师好，园里设施也好，十多年过去了，我至今还时常记起到幼儿园里送接女儿的情景，还记着一位名叫孙燕的老师，感念着她对我女儿的培育。

　　日子如水流沙石上，虽清澈见底，但清贫中却不乏诗意。上班下班，读书看电视，买蜂窝煤，购贮大白菜，周日到街上转转，蹲在野棋摊边，和不相识的人下几盘象棋；到纸坊村十字东南角的报刊亭边，和卖报刊的老太太拉呱几句谈话，买几份报刊；骑自行车接送女儿……日子看似平平淡淡，但却如秋日里田野中的大豆，粒粒饱满。有意思的事儿还有冬日回故乡，返城后到北门里下车，和妻子领着女儿，步行从环城公园回家。公园内雪压林梢，小路上积雪成冰。女儿要赖，不肯走，我和妻子一人牵着她的一只手，拉着她在地上溜冰，二里多长的路程，一路笑个不停，连路边的行人都被感染了，扭过头好奇地观看。这种快乐的游戏，让女儿上了瘾，后来每每到了商场里，她也借故不走路，让我们拉着她在光滑的地板上溜。至于春日里领着女儿到城墙上放风筝，到环城公园里寻找桑树，摘一捧桑叶，为女儿养几条蚕，至今忆之，心里仍有一种说不出的甜蜜与欢欣。

　　一年夏天，适逢周末无事，我拿了本书，早早地赶到环城公园，想找个僻静的地方，静静地坐着读会儿书。那日阳光很好，就如顽皮的孩子，早早地爬上了树梢，爬上了古城墙。公园里人不多，有一些在遛鸟，还有一些在散步、晨练。我穿过一片核桃林，再越过一片石榴林，尽量往人少的地方走。不意，在护城河边的荒坡上，发现了一树绒线花。那绒线花绒绒的，粉红若霞，一大朵一大朵的，似乎刚开，或者正在无声地开。而羽状的叶子，也在舒缓地展开，上面似乎还带着残露的气息。我被眼前的一切惊呆了，目不转睛地看了足足十多分钟。一时间，我想到了生我养我的故乡，那里的原野上，夏日也常常开着一树一树的绒线花，而且树大花繁，远望如霞光彤云，盛开时，引无数蜜蜂日夜嘤嗡着采蜜。绒线花是开开谢谢的，开时鲜艳至极，败时枯黄如干菊，随风飘落于地。那枯花是夏日里败火去暑的佳品。记忆里，幼小时候，每年母亲都要拾了枯萎的绒线花，用水熬过，加白砂糖，放凉，让我们饮用。那种涩涩的、甜甜的，又略带点药苦味的绒线花水，其香醇至今留在我的脑际。

　　那是十多年前的旧事了。而今，母亲已老迈，额际已有深深的皱纹，头发也已花白，而乡间的绒线花树也日渐稀少，几近绝迹。倒是城市里，绒线花树反而多了起来，夏日里走在南院门粉巷大街上，随时可见到绒线花婀娜的身姿在风里招摇。行走其下，我常默默地观望。脑中偶尔会无端地蹦出日本十四世纪歌人西行的几句诗："赏花，为彼美之无端，心疼痛。"

　　我也时常地为之无端心痛吗？我说不清。

　　绒线花是乡里人叫的，它的学名叫合欢。但我至今只叫它绒线花。因为，我的母亲就是这样叫的。

躲在季节里的村庄

一条有鱼儿跃动的河

夏天说来就来了，在金黄色的油菜花开过之后，在原野上的风筝飞过之后，原来五彩斑斓的大地，突然就变得彻天彻地的绿。那绿色的汁液，随了风的鼓动，随意地在天地间流淌，染绿了田野，染绿了山川，染绿了村庄，染绿了农人的眼睛，以及百鸟的叫声。

小峪河也从春天的清冽中走出来，流动得更加欢畅了，像极了村野孩子无拘无束的笑声。河边的小树林也长得绿匝匝的，浓密得风都难以钻进去，绿得黑森森的，让孩子们害怕。不害怕的是鸟儿，它们把窝筑在大树上，急急忙忙地生儿育女，繁衍后代。斑鸠、喜鹊、画眉、黄鹂……这里面也有麻雀，但它不是为了筑巢，它的巢在春天已筑好，筑在农人的屋檐下，筑在猫儿爬不到的地方，与燕子一样，和庄稼人比邻而居。它也不用再生儿育女，在那个躁动的春天里，它已繁衍过，如今，小麻雀羽翼已丰，脱去了嫩声，和它们的父母一样，在绿树丛中，自由自在地跳来跳去，觅食、嬉戏。

河水是清亮亮的，从秦岭山中流来。经过了无数的庄稼地，经过了无数的小树林，自然，也听到过各种鸟儿婉转流利的啼鸣，和农人荷锄吃牛的声音。草就疯长在河畔，一些夏日的花也开在河畔。石头白亮亮的，在阳光下泛光；沙子也像锦鳞，在孩子的脚下翻飞。只有河水在静静地流，深处便幽作一个潭；浅处便随石激荡，发出汩汩的音乐声。鱼儿便在这音乐声中快乐地游。螃蟹在石下，老鳖在沙中，它们都深藏在水下，只有孩子们能寻找到它们。它们是乡村孩子的老朋友，就如在河面上飞来飞去的蜻蜓一样，就如在水面上迅速掠过的翠鸟一样。孩子们对它们太熟悉了，以至于无论它们藏在哪一块石下，孩子们都能够准确无误地用眼睛捕捉到。螃蟹、老鳖没有心机，它们虽然也长了脚，但它们跑不过孩子们的手脚，更逃不过孩子们的眼睛。只有鱼儿能逃过孩子们的眼手，虽然它们没有手脚，但它们有鳍，好像长了翅膀一样，可以在水的空气里自由飞翔，一群一群，倏忽而东，倏忽而西。

最壮观的是，当夕阳衔山欲坠、河面流光溢彩时，鱼儿便开始跳膘。万千条寸把长的白条鱼、锦鳞鱼，好像听到了无声的命令，一起在水面上蹦跳，此起彼落，水花四溅，望去一层一片，一条河都给搅动了。那就是一条在夕阳下、在鸟儿的噪林声中流动的"鱼河"。不惟孩子们看呆了，连赶着牛、扛着犁、赤着脚、吼着秦腔归家的农人都看呆了。

而鱼儿跃动的河之外，绿树荫蔽的村庄，缕缕炊烟正在袅袅升起。

有牛马蹄印的村庄

农人们讲，有牲口出没的村庄才叫村庄。这就好比有野花有绿草的地方才叫原野一样。那是一个村庄的魂，经过了多少辈的聚散，才凝聚而成。这魂魄是温馨的，它有凝露花草的清香，有麦菽的清香，有牛马嚼食的草料的干香，当然，还有庄稼人自己身上散发出的汗香。一个村庄如果没有牛马出没，就好像没有炊烟一样，那是死寂的，是可怕的。

如果绿树间缺少了鸟叫，如果大地上没有了茂草和鲜花，那将是一种什么景象？

春日清晨，牲口们从梦中醒来，发出各种不同的叫声，走出村庄，走向开满鲜花的旷野。哞哞叫的是牛，咩咩叫的是羊，昂昂叫的是驴，不断打着响鼻、冲起乡路上尘土的是骡马。它们的脚步或安闲，或散漫，或细碎凌乱，走在农人之前。

村庄的一天就这样开始了。

"几处早莺争暖树，谁家新燕啄春泥。"鸟雀叽叽喳喳，唱出它们的欣悦。但庄稼人无暇去听，他们有自己的活儿——哼着小曲，耕田耪地。他们专注于自己的劳作，倾心于庄稼。牛马们也无暇去听，它们是庄稼人的帮手、朋友，也和庄稼人一样，在土地上出力流汗。于是，鸟雀便只有寂寞地叫，唱给自己听，一遍一遍。这婉转的啼鸣还是传进了庄稼人的耳朵，传进了牲口们的耳朵。有时，庄稼人会暂时停下手中正做的活计，侧耳谛听一下，伸一下懒腰，把目光投向遥远的天际，自言自语道："这头顶的树上，啥时又多了一窝黄鹂呢？"伴随他的牛马听见了，但它们不能回答他，只能抖动一下耳朵，刨动一下蹄子，或甩动一下尾巴，驱赶一下身上的蚊蝇……无数的日月，便在这短暂的伫立中悄然流逝。

在落雨的天气里，牛马们不必干活，庄稼人怜惜它们，让它们静静地休息。但牛马们并没有闲着，它们会专注于瓦沟里流动的雨水，听雨滴在青瓦上跳舞，那叮叮咚咚的声音，就像有无数的孩子在敲响着一面面小锣鼓，灵动而热烈。这时，它们便会做一些美丽的梦，梦到青草，梦到芳草地，梦到飘着麦香的田野，以及秧鸡、野鸽子和布谷鸟的叫声。

每个村庄里都有几处马厩，那是牛马们的家园。马厩里散发出一股浓浓的气息，庄稼人熟悉这种气息，牛马们也熟悉这种气息。它像久藏后启盖的酒，气味悠远，浓烈得化不开，嗅之让人沉醉。那是原野上青草花香的馨气，是牛马身上的土腥气，还有村庄的烟火气，以及秋阳下庄稼的香气。世世代代，牛马们就生活在这种气息里，和庄稼人息息相通，相依为命。它们如花的蹄印，叠满了村里村外，如一枚枚印章，深刻地盖在村庄的胸膛上，也盖在游子多愁的心上……

南瓜花开在院墙上

墙是土墙，不高，上面苫着青瓦。不知经过了多少岁月的侵蚀，墙面已坑坑洼洼，还歪歪斜斜裂着许多手指宽的缝隙。而墙顶上的青瓦已成了黑色，上面还结着许多铜钱大小的紫红色的苔藓。这些苔藓到了雨天，经过雨水的洗涤，便会变得鲜鲜亮亮，从暗红中透出无限的绿意。一些瓦松、蒿子、猫儿草就散乱地长在黑瓦上，风来随风摇曳，雨来任雨抽打。晴天一身阳光，夜晚一头星月。这就是我家后院的那堵土墙。它的背阴面是邻居张大妈家。

墙根下，有一棵香椿树、一棵柿子树，还有一棵杏树。它们都是祖父种植的，为了他的儿孙。除此之外，土墙下还有一块一间房大小的隙地，上面堆了一大堆土。每年清明节过后，祖父就会在那儿点上六七窝南瓜。几场春雨后，南瓜破土发芽。那芽儿嫩闪闪、水灵灵的，仿佛一碰就能碰出一窝水来。这娇娇弱弱的芽儿，最怕鸡狗糟蹋。鸡会用它们那尖利的喙啄食掉嫩芽；猫狗冒失，则会不管三七二十一地撞断它。不过，祖父有的是办法，他到野外刘来野枣刺，密密实实地将南瓜芽围起来，这样，鸡狗就奈何不得它们了。于是，南瓜芽在春风、阳光的爱抚下，如一个个经过精心呵护的娃娃，放心大胆地生长。不久，它们就长出了一丛丛巴掌大的叶片，绿汪汪的，摸上去涩涩的，随了风儿晃动。

南瓜长啊长，到五月份就开始跑藤扯蔓。这时，鸡狗再也奈何不得它们。祖父便拔去野枣刺，让南瓜自由自在地生长。五月的风吹着，五月的阳光照着，五月的雨间断地落着，南瓜像一个个喝饱了乳汁的孩子，疯长起来，蔓藤扯满了整个后院，一直爬到后院的墙上。而金黄色的南瓜花，也在不经意间开了。那花儿起初只有几朵，静静地开在一片碧绿里，但不久，就逐渐地繁盛起来，于是，整个后院就变得热闹了。蜂儿振动着金翅，嘤嘤嗡嗡地飞来了，它们飞进硕大的南瓜花中采蜜，花叶被压得一坠一坠的；蝴蝶成双飞来，只是在花间流连一番，又交交错错，在我目光的注视下，翩翩地翻过墙去，飞得没有了踪影。还有蝉，它钻出土地，爬到树上，也开始鸣叫；还有金龟子，也在后院的上空来回飞舞。这些，都惹出我无限的遐想。

最让我遐想的还是那开在墙头的南瓜花，它们拼尽了力气爬上墙头，是想看看墙外的世界吗？难道它们不知道墙的那边是张大妈家吗？南瓜花不管我的遐想，还是爬呀爬，一直爬到墙头，爬到墙外，爬到邻家的院落。到了秋里，它们也会把瓜结在邻家。等到南瓜长成后，张大妈总会颠了一双小脚，把结到她家里的瓜，给我家一个个送来。祖父总是呵呵地笑着，又给送回。祖父有祖父的理由："土里长的东西，长到谁家算谁家的。"

说这句话时，祖父还很硬朗。如今，他已去了另一个世界，静静地躺在村东的墓地里。那开在院墙上的南瓜花，也变成了我梦中的情景，和祖父慈祥的面庞一样，永远摇曳在我的记忆里……

二爷的菜园花满畦

涉过清清的小峪河，再向村南走上二里多路，在一片桃林边，有一个五亩地大小的菜园，这是我们生产队的菜园。二爷就一年四季住在菜园里，他是这个菜园的务菜人和看园人。

　　二爷的背有些驼，他走起路来总是慢腾腾的。起初，我以为二爷驼背是常年劳作所致。但后来，祖父否定了我的这一奇怪想法。他告诉我，二爷的背是民国年间被拉壮丁的国民党军队打成这样的。于是，每每看见二爷，我就替他难过，觉得那帮国民党兵实在是坏透了。

　　菜园是一个五彩的世界，尤其是春夏秋三季，简直让我们着迷。

　　春天，几场杨柳风过后，大地回春，麦苗返青。我们到桃园里去看桃花，疯闹过后，又趔到菜园，去菜蹊中挖荠菜。荠菜肥肥嫩嫩，整个春天里都有，不过，到了三月份，便长老了，开出乳白色的碎花，不能再吃。"荠菜儿，年年有，采之一二遗八九。今年才出土眼中，挑菜人来不停手。而今狼藉已不堪，安得花开三月三？"从明代人滑浩所著的《野菜谱》中，也可大致见出荠菜的生长状况。除了荠菜花，这个季节里，菜园里还有许多野菜也开着花。最常见的有蒲公英，它开出的花如向日葵，金黄灿烂，不过只有小酒盅大小罢了，蝴蝶最爱在它的周围流连。还有马子菜，茎红，叶椭圆，状如马耳，开出的花如蜡梅。马子菜吃起来滑溜爽口，掺在面粉中烙饼尤其好吃。麦瓶儿也很多，这种野菜多生于麦田中，叶细似韭，到了三四月份，便开出好看的红花，一株多枝，花朵状似花瓶，故乡人以麦瓶花呼之。除了这些花，还有油菜花、韭菜花、葱花……花事繁盛。二爷就在这些花草的包围下，笑眯眯地劳作。他一会儿除草，一会儿灌园，休息时，就掏出旱烟袋，吧嗒吧嗒地吸两锅旱烟。田野上的风吹着，南山上的云飘着，春天便在这种静寂中悄然而逝。

　　当蝉开始鸣叫的时候，夏天便来临了。夏天的菜园，花儿是开开谢谢的，一如这个季节的雨。白色的辣椒花，金黄的南瓜花、黄瓜花、西红柿花，紫色的扁豆花、豇豆花、茄子花等等。不过，我们的心已不在花儿上，早就移到了瓜果上。偷黄瓜、偷西红柿，偷菜园中一切能吃的东西，便成了我们的日常功课。二爷呢，除了日常的劳作，这个时节的一个重要任务，就是防备我们这帮小贼糟蹋果蔬。但这又怎么能防得住呢？我们一个个机灵似猴，声东击西，匍匐钻藤，最终是满载而归，二爷只有站在园中苦笑的份。除了菜园、桃园，豌豆地也是我们这个季节的侵害对象。

秋天里，菜园中最吸引我们的是菊花和大丽花。这些花种在二爷房间的门前，秋阳下，红红黄黄，艳丽无比。我们常站在这些花前看花，有时，趁二爷不注意，便摘下一朵两朵的，拿在手中玩……

是一年的秋天吧，连阴雨不断，小峪河涨水，连接菜园和村庄的桥被冲断。大约二十多天，没有二爷的消息。队上派人涉水过河去看，二爷已病得不成样子。生产队把二爷送到县医院，没有治好。二爷死了。听村上人讲，二爷死于腔子疼痛，也不知道这是一种什么病。

二爷去了，自此，我不再到生产队上的菜园去玩。

吃柿子的鸟儿飞来了

早晨起来一开门，觉得脖子凉飕飕的，连呼吸进肺里的空气也似乎清冽了许多。一低头，地上的草丛、枯枝败叶上落了一层薄薄的霜。哦，降霜了！不几日，村里村外，柿树的叶子便渐渐变红，起初是红绿相间，最后绿色逐渐消退，便变成一片绛红色，望去若霞。乡间的柿子树仿佛一下子全都喝醉了酒，或静静地沐浴在秋阳下，或摇曳在风中。而一嘟儿一嘟儿橘红色的柿子，要么高擎枝头，要么垂于叶下，望去让人馋涎欲滴。

是在某一天的早饭时间吧，当人们正端了老碗，或蹲或站在街门前吃饭时，一大群一大群的鸟儿从西北天边飞来了，它们叽里咋啦地叫着，飞临村庄的上空，落到一棵棵柿树上。于是，柿树上顷刻间便变得热闹起来了。它们边挑拣着树上已软熟了的柿子吃，边扇动着翅膀，肆无忌惮地叫着。柿树叶被它们一片片碰落。这是一种专吃柿子的鸟，比喜鹊小一些，尾巴也没有喜鹊的那么长。家乡人不知道它们叫什么名字，因了它们的叫声，便呼之为"燕咋啦"。燕咋啦一年只来一次，每次来，家乡的柿子树就要遭到一次洗劫。但家乡人似乎并不恼恨这种鸟，他们信奉一句话："天造万物，有人一口，就有鸟一口。"而且他们固执地认为，燕咋啦光临谁家的柿树，是这家人的荣耀，说明这户人家仁厚。哪一年，如果柿子熟得早，家乡人提前用夹杆摘了，而吃柿鸟还迟迟不到，家乡人就会在柿树的顶上留下七八个柿子，等吃柿鸟来了吃。于是，这一年，家乡的村里村外，就会出现一种迷人的景观：棵棵柿树上有遗留的柿子，红彤彤的，在秋阳下泛光。

有一年秋天，因为父母忙，我和弟妹奉父母之命，摘卸后院柿树上的柿子。一个上午，我们就将一树柿子摘得精光。中午，父亲回来了，看到这种情形，他的脸阴了下来。他顾不上吃午饭，便搬来梯子，在卸下来堆在筐中的柿子中拣了十多个带枝的，用草绳绑在树顶。完事后，他郑重地对我们说："记住，做人要厚道，莫要让乡亲们戳脊梁骨！"

离开家乡二十多年，尽管家乡的景物已在我脑中变得模糊，但父亲说过的这句话，却至今还在我的耳畔萦绕。

记忆中的昆虫

葫　芦　蜂

　　大约是在仲夏吧，葫芦蜂在我们不经意间飞来了。嗡嗡嗡——，飞过人家的茅檐，飞过人家的窗棂，飞过一排排开着紫色碎花的扁豆架，如一位久违的老朋友，自然地飞进我们的生活中。

　　葫芦蜂的样子很好看，它浑身漆黑，呈椭圆形，状似一个细长的葫芦；飞翔时，翅翼在阳光下发出幽幽的光，并伴随着一种如胡琴般好听的声音，看上去优雅而有诗意。

　　在20世纪的70年代，乡间到处是瓦屋和茅草房。瓦屋上长有瓦松，茅草房是用稻草搭就的，上面生有茵茵细草，看上去朴素而温馨。我们就生活在这样寒素的屋子里，生活在每日有三次炊烟袅袅升起的屋子里，惬意而安详。

　　和我们一起生活在这屋下的，还有葫芦蜂。它栖息在屋檐下，和我们隔窗相望。那椽子上圆圆的孔洞，是葫芦蜂的巢穴。在整个仲夏和秋日里，葫芦蜂就来来回回地在洞口进进出出，或在屋檐下盘桓。

　　葫芦蜂好像是一夫一妻制，在我整个的孩提时代，我似乎从未见过两只以上的葫芦蜂进出同一个巢穴。要么是一只，要么是两只联袂而至。

　　有一段时日，我时常奢想着能逮住一只葫芦蜂，给它的足上系一根线，让它如金龟子一样，在我的周围嗡嗡地飞翔。但我不敢。大人们说，葫芦蜂毒性很大，能螫死一只小牛犊。果真是这样的吗？我曾经被小蜜蜂螫过。它们钻进木槿花的花心采蜜，我悄悄地把花从外面聚拢来捏住，听到被困的蜜蜂在里面挣扎，企图脱逃，发出嘤嘤的鸣声。但有一次，我未能捏住，结果被外逃的蜜蜂螫了手，不是很痛，只有些许痒麻。我用嘴吸了一下，也就没事了。我还被大马蜂螫过，很痛，痛得我眼泪直流，别人帮我挤了一下，也不知有没有挤出毒汁来，反正被螫的一面脸肿了三四天，至今脸上还留下一个小坑。但我从没有被葫芦蜂螫过，也没有见到别的什么人被葫芦蜂螫过。一日黄昏，我看见两只葫芦蜂钻进檐下椽子的洞里，便连忙用一小疙瘩湿泥巴将洞口严严地封住。我一夜没有睡好，猜想着葫芦蜂会不会被憋死。可令我惊讶的是，第二天，当太阳出来的时候，那个被封住的洞口已被打通，它们仍悠然地在那里飞来飞去。

　　很多时候，我常看见葫芦蜂在扁豆架中流连，那串串紫花和绿油油的豆叶，被它振动得一颤一颤的，如微风拂过水面，让我的心为之沉醉。我便无端地想：葫芦蜂难道也和蜜蜂一样，也喜欢花儿的清馨？是谁给它起了一个这么富有诗意的名字？

　　夏日的风轻轻地吹过我的脸颊，温润得让我想要睡过去。

蚂　蚱

　　穿着绿色或枯叶色的长袍，抖动着头顶的两根长须，瞪着一对琥珀色的眼睛，蚂蚱静静地伏在路边的草丛中，或田中的稻叶上，在盛夏时节，在初秋时节，如果没有人或者外物惊扰的话。

蚂蚱以植物的叶子为食物，尤其喜欢吃水稻的叶子。盛夏季节，水足肥饱，气温升高，水稻生长得很茂盛，一片一片的稻田，绿得发黑，像是用油灌过。而这时的蚂蚱呢，也像是吃了什么灵丹妙药，仿佛一夜间长大，胃口特别好。稻叶便成了它们的美味佳肴，常常被它们吃得豁豁牙牙，看上去像城墙的垛堞。因此，蚂蚱被有些人称为害虫。

这小小的虫儿，仿佛还是一个大烟鬼似的，嘴巴里日日嚼着烟草，嘴角有黑色的汁液流出，看上去有点不那么绅士。但这丝毫不影响它的兴致，它仍旧时时轻舒薄翼，弹动着两条有力的大腿，从这一株稻丛蹦跳到那一株稻丛；或者是在乡间的小路上蹦来跳去。偶尔，跳不好的话，蚂蚱也会成为青蛙的口中餐，或者，成了乡间小孩手中的玩物。无论哪一种情况，结局都不会太美妙，不是被吃掉，就是被小孩扯掉大腿，然后喂了小鸡。

还有一种蚂蚱，身粗肚大翅翼长，善飞善鸣，一飞能飞十几丈远，不易捕捉。但如被捉住，便会成为孩子们的宠物。用麦秸秆编一精致小笼，将其装入，挂在门角，再饵一南瓜花和葱叶，于是，日里夜间，便时时可以听到蚂蚱如琴如瑟的歌吟。

书上将蚂蚱叫作蝗虫，我没有听到家乡人这么叫过。我自己也不愿这么叫，尽管它吃水稻的叶子。

金　龟　子

金龟子不大，只有大人大拇指指甲盖那么大。它有一个纤巧的头，有两根好看的触须。浑身黑黑的，有暗黄色斑纹，腹下有六只脚。如把它翻一个身，就会看到它的脚像金钩铁划一般，在空中乱画乱舞。不过，这是不易做到的事，除非它力竭。大多数情况下，它都会挣扎几下，鼓翼飞走。

金龟子好像特别喜欢一种气味，在马粪堆上和香椿树、臭椿树上，常常可以觅寻到它们的身影。金龟子似乎从不在粪场上停留，只是在那儿来回飞旋，是那儿有它们喜欢闻的气味呢，还是那儿有它们喜欢吃的食物？我闹不清楚。它们真正的栖息地好像是在椿树上，童年时代，我无数次在椿树上看见过它们。有时，七八只金龟子排成不规则的一溜儿，就那么静静地伏在树干上，一动不动，好像在吸一种气味。若它们不是"逐臭之夫"，肯定也是"好味之徒"。

捕捉住一只金龟子，用一根长线拴住它的一只脚，然后将它放飞，用手牵住线头，让它在你的周围盘旋飞舞，发出嗡嗡的鸣声，这是我们那一带每个乡间小孩都喜欢玩的游戏。小时候，我也曾多次玩过这种游戏。

和葫芦蜂一样，金龟子也是一个好听的名字。我喜欢这个名字。

蟋　蟀

蟋蟀又叫秋虫，"秋"字就是古人根据它的形状造的。蟋蟀一叫，秋天就来了。

黑头长须，浑身油光发亮，呈黑褐色，长着一对好看的翅翼，叫声如琴如瑟，这就是蟋蟀。一种让人喜欢的虫子。每年秋风一起，草木刚刚瑟缩了一下，人们才感觉到一些寒意，蟋蟀就开始鸣叫了。原野上、苞谷地里、谷子地里、豆蔓的下面、村庄的周围、人家的房前屋后，蟋蟀的叫声就会如水一样漫过来。尤其是到了夜间，当月亮的清辉洒满大地时，这种叫声就更显得异常的嘹亮、悦耳。曜曜曜——曜曜曜——，不绝如缕，勾起人的乡思和对季节变换的感叹。有时，蟋蟀的叫声似乎离我们很近，它们或许就在我们的床下，或者在我们的水缸旁。但我们只能感觉到它的存在，却看不到它的身影。

　　要见到它的身影，只能等到白天，在荒园中，在闲地里，或者在快要成熟的秋庄稼地里。那些地方笆篱草、巴根草茂盛，还有许多野菊花梦一样地开着，上面缀着些许残露。蟋蟀就悄然蹲伏在那里，或者蹦来跳去。高兴时，它们就会情不自禁地拨动琴弦，弹唱一番。当秋庄稼收过，蟋蟀便无处藏身。在新翻过的田地里，逐着泥土的波浪，蟋蟀跳跃出一道道弧线，多得让人数也数不清。它们跳着、唱着，是在歌吟大自然的神奇，还是在留恋这最后的秋光？

　　严霜一洒，就不见了蟋蟀的影子。它躲在了另一个季节里，躲在了乡村孩子的记忆里，躲在了农人温婉的梦里。这是一种季节性很强的昆虫。

养　羊

　　如果我告诉你，我上小学的时候养过三年羊，你多半不会信。其实，这是真的。

　　大约是1974年的冬天吧。一天清晨，我们正在教室早读，班主任走进了教室，他止住了大家哇啦哇啦如老和尚念经般的早读，告知大家说，学校买回来了两只奶羊，要找一个班来喂养。他争了半天，才把这个任务给本班争到了手，现在，要选三个责任心强的男生来养羊。听了这话，男生们纷纷举起了脏兮兮的小手。我也赶忙举起了手。说心里话，我当时想要养羊的愿望特别强烈，至于动机嘛，表面看很进步，是在响应国家的号召，学农，但实际上并不是这么回事。说出来不怕你笑话，我那时特别贪玩，不想上课；再呢，当时是冬季，教室里没有生炉子不说，我们所用的桌椅还是水泥板做的，尽管屁股下面都垫了五颜六色的棉垫，冷气还是透过棉垫，直往我们的身体里钻。老师上课，学生冷得哆嗦，一些学生经常上牙齿和下牙齿打架，发出"得得得"的声音。养羊，可以少上两节课不说，刚好还可以逃出寒冷的教室，借烧水喂羊的理由去烤火。想一想，都诱人。老师选了半天，我和一个叫根根、一个叫峰峰的同学被选中。听到老师叫我的名字，当时甭提我有多高兴了。后来我想，老师那时之所以选中我们仨，一个最重要的原因恐怕就是，我们都住得离学校近，更方便喂羊。

从此，我们仨就开始养羊了。

乡下学校和城里学校不一样，学生上学得跟着家长的钟点走。早晨一睁开眼，大人们得下地干一会儿农活，孩子们自然也得去上一节早读和两堂课，然后放学回家吃早饭。之后，再去上四节课，然后回家吃午饭。下午，多半不上课。我们三个呢，便每天在早晨第二节课和上午最后一节课后，在同学们羡慕的目光下，大摇大摆地走出教室，去羊圈里烧水喂羊。往往是我和峰峰到井台去抬水，根根负责生火。水抬回来后倒进一口大铁锅里，然后三个人你一把我一把地往灶膛里喂柴，火便呼呼地烧得很旺。火光把我们的脸映得红通通的，我们的身体很快暖和起来，就好像有什么东西在我们身体中睡醒了一样，身子骨一下子轻灵起来。大铁锅里的水一会儿就冒气了，我们把手伸进锅里试了试，略微有点烫，便把水打进两个搪瓷盆里，开始给羊拌食。羊在冬天比较可怜，不能吃到新鲜的草料，只能吃用干草粉碎后拌成的草料。望着两只羊欢快地吃着我们拌好的草料，我们仨都很高兴。等到我们喂完了羊，溜达着走回教室时，多半时候，放学的钟声就敲响了。于是，我们便和同学们排队走出校门，回家吃饭。

转眼便到了春天，树木发芽，田野变绿。我们仨就轮流到野外、河滩去放羊。这是一个不错的活儿。把两只羊拉到河滩上青草茂密的地方，然后揳上木橛，把羊固定起来，羊便只能在方圆十多米的范围内吃草。我们便躺到草地上，任河滩的风吹着，两手垫在脑后，或望蓝天上悠悠飘动的白云，或看身边飞来飞去的蝴蝶，听着河水的浅吟低唱，听着羊儿嚼食青草的声音，我的心里冷不丁地就会生出一丝淡淡的哀愁。是在为未来的岁月担忧呢，还是为一些别的什么，说不清楚。不过，那丝哀愁很快便会被欢乐冲散。上树掏斑鸠窝，到河岸边打水漂儿，在河滩上追撵野兔……都足以让人心悦。要紧的是，要把羊橛扎牢了。不然，羊拔起了橛，逃进树林里，或者生产队的麦田、菜地里，那就麻烦了。

在我们的精心喂养下，两只羊很快就都产奶了。我们仨就又学会了挤奶。起初挤奶时，羊儿不配合，我们常常被白色的奶汁滋得一手一脸，但这种窘况很快就过去了。到后来，两只羊一见我们拿着奶桶，就咩咩地叫着，主动来到我们的跟前，等着我们挤奶。平时挤惯了，哪天不挤，羊的两只硕大的乳房就胀得慌。这些奶汁，随后被我们送到教师灶上，被老师们喝掉。在那段艰难的岁月里，也算我们当学生的为老师所做的一点奉献。

就这样，我们仨一喂就是三年，直到我们升到了初中，养羊的事才结束。值得一记的是，在我们养羊的这几年中，我们所养的羊曾两次怀上了羊羔，总共产下了七只可爱的小羊。

还有，我的两位搭档，后来因为功课不好，没能考上大学，最终都留在了乡下。根根在村中开了一家肉店。而峰峰则搞起了建筑，他四处揽活儿，活儿都干到了西安、银川等地。自然，他们的日子都不错。就在最近，我们仨不期而遇，我谈起养羊那段旧事，根根反应冷淡，似乎已经忘记了；峰峰则言辞激烈，说："都是养羊把我们耽误了！"

耽误了吗？不过，我倒是很怀念那段快乐的养羊的岁月。

雨

　　"昆明人家常于门头挂仙人掌一片以辟邪，仙人掌悬空倒挂，尚能存活开花。于此可见仙人掌生命之顽强，亦可见昆明雨季空气之湿润。雨季则有青头菌、牛肝菌，味极鲜腴。"这是汪曾祺先生写《昆明的雨》一文中的一段话。写雨而不先及雨，却从仙人掌写起，这是汪先生笔下的活泛处。十多年前，我初读这篇文字，一下子便喜欢上了。以至多年来，一读再读，每读，都有雨声在心灵深处响起。

　　记忆里的雨是和春天联系在一起的，也是和父亲联系在一起的。

　　每年的仲春时节，当历经了一冬严寒的麦苗刚刚返青时，家乡的原野上总要落几场春雨。那雨仿佛是揣摩透了庄稼人的心思似的，就在他们最盼雨的时节，就在麦苗最需要滋润的时节，便悄然地降临了。这雨有时在黑夜，有时在白天。听，那沙沙沙的声音，如万蚕吐沫，又如众蚕嚼食桑叶，让人的心如抹了蜜，都要融化了。燕子在春雨里斜飞，它们用黑色的翅翼剪破雨幕，也剪碎了庄稼人旖旎的梦。雨天酣睡，让梦遗落春野，还有什么比这更自在的呢？当然，也有不睡的庄稼人，他们宁愿踏着泥泞，戴着草帽，披着蓑衣，走进田野，嗅嗅泥土散发出的香气，看看雨天里更加碧绿的麦苗，遥想着夏日里的麦香，嘴角就会漾出不易察觉的笑意。在这些雨天里不愿酣睡的庄稼人里，就有父亲。他也悠闲地在野地里转，但更多的时候是给麦田施肥。春雨贵如油，他才不愿意让这金贵的雨水白白流走呢。趁着雨水，把化肥如天女散花般地抛撒进麦田，不至于像晴天大日头那样，给麦田上肥，把麦苗烧坏，这是每一个庄稼人都懂得的理儿。父亲当然也懂得这个道理。要不，他怎么会冒雨走进田野里呢。而施过肥的麦苗，自然就如吃饱了乳汁的婴儿，格外欢实了。

记忆里，每当春天下雨时节，还有一个场所，也能见到父亲的身影。那就是院子里的菜园。在二十世纪六七十年代，土地还属于集体所有，因没有自留地，父亲便在院子里辟出一块隙地，栽上一两畦韭菜，点上几窝南瓜，种上一些西红柿、黄瓜，还有豇豆、辣椒、茄子什么的，总之，蔬菜的品类很多。这些蔬菜，除南瓜、豇豆需要下种外，其余的，都要买来幼苗，进行移植、栽种。而这些活路，父亲大多都在雨天做。一则因为雨天生产队不上工，有闲工夫；二则因为雨天地墒足，空气湿润，移栽的幼苗比晴天好成活。这样，在淅沥的春雨中，我便常看见父亲戴了一顶旧草帽，披一块白塑料布，坐在一张小凳子上，安然地、有滋有味地做着这些活计。有时累了，他会歇下来，或坐在凳子上，或起身，伸一个懒腰，抽口烟，喝点水，然后再干。这时呢，往往就有四五只麻雀或蹲在屋脊上，或蹲在屋檐下的墙台上，叫着，歪着脑袋，睁着滴溜溜的眼睛，望着院中。而雨水便顺着瓦松，一滴滴流下，流进瓦垄，顺着瓦檐滴下。我坐在炕上，半靠着窗户，望着窗外的一切，脑中便会想着，到了夏季里，我和弟妹们就会有带着嫩刺的鲜黄瓜吃了，就会有红色的西红柿吃了。还有那几窝南瓜，它们会长出长长的藤，开出鲜艳的黄花，一直顺着墙爬上墙头，结出好多南瓜。甚至，把瓜儿结到邻居张大妈家的院里。

不过，自从去年秋天一个落雨的日子里父亲下世后，这些对我，便都已成遥远的旧事了。

鸟　群

又是一个金风送爽的季节，我携妻带子回到了故乡。原野上，一丘丘成熟的水稻、苞谷、大豆散发出诱人的清香。农人们正在修车磨镰准备秋收，孩子们在乡场上玩耍，一群群鸡在田畔渠头觅食。我望着眼前这些熟悉的场景，心里感到异常亲切。然而，于我的记忆中，似乎总少了一些什么，是什么呢？是鸟群。那种一到秋天，便一群一群的，于空中盘旋起落呼啸而过的鸟群。

在我童稚的心灵里，在我少年无羁的记忆里，鸟群实在是种令人陶醉的景象。

我的家乡在樊川的腹地，它南临终南山，北靠少陵原；东傍一片丘陵，西依神禾原。川地中有无数的溪渠沟汊穿流其中。独特的地理环境，使这里水丰地肥，林木丰茂，是鸟类栖身觅食、繁衍生息的理想所在。记忆中，少年时代家乡的鸟似乎特别的多，房前屋后，水湄旷野，到处可见到鸟儿们飞翔的身影，觅食、嬉戏的踪迹。我家的门前是一条小溪，缘溪边生长着两排高大的树木，树木多为白杨、榆柳，也有一棵苦楝。树木的顶端有许多鸟窝，棕色硕大的喜鹊窝、铁老鸹窝，还有白鹭窝、黄鹂窝，以及一些不知名的鸟窝。至于燕子和麻雀，它们的窝多筑于人家的屋内檐下，树上很难找到它们的巢穴。因了这个，我一年四季都可以听到鸟儿们的鸣啼声，有许多鸟儿我熟到都可辨认。春天，草木萌动，乡间便是一片欣欣向荣。"几处早莺争暖树，谁家新燕啄春泥。"燕子、大雁北迁，它们开始忙碌筑巢。杜鹃声声，黄莺乱啼，麻雀亦叽叽喳喳，让人觉出一片盎然的春意。我常常于酣眠中被窗外树木上的鸟鸣声惊醒，睁眼一看，窗外已是一片明媚；阳光已缘上了窗棂，爬上了树木梢顶。这时，我便感到无限的愉悦。穿衣、起床、吃饭，邀上小伙伴们，奔到原野上拔猪草、游玩嬉戏、找鸟窝、掏鸟蛋，或用自制的弹弓打鸟。鸟往往罹弹而殒，鸟蛋也往往被我们从树洞里的鸟窝中摸出，这些都被我们用湿泥裹了，放在火中烧透烤熟，撒上从家中偷出来的盐巴，分而食之。那种甘美、醇香，让我至今难忘。

　　一首外国歌谣这样唱道："夏日来了，令人回忆。"其实，令我回忆的鸟群，在家乡的夏日里是决然看不见的。这并非鸟儿不多不能成群的缘故，而是因为鸟儿们在这个季节正忙于繁殖哺育后代；或者因耐不得炎热，藏进绿树丛中。整个夏天，其实是鸟儿最多的时候，它们不扎群，亦不太鸣叫，只是在蓊蓊郁郁的树林里飞来飞去。只有到了傍晚，百鸟噪林的时候，你才可感到鸟儿的繁多、鸟群的庞大。一次，我和几位伙伴在树林中找蝉蜕，耐不得鸟儿的聒噪，便随手捡了一块石头，向树枝间使劲扔去。随着一声哀鸣，一只麻雀便若一片骤遭虫蛀霜打的树叶一样，从树枝间掉了下来。受惊的鸟儿轰的一声飞向天空，霎时间，鸣声一片，黑了头顶上的一片天空。鸟儿之多、之众由此可见。

　　然而，最让我痴迷的还是家乡秋天原野上的鸟群。

　　几场秋风、几场秋雨之后，故乡的原野上便是一片金黄了。于丽日下，于澄明的碧空中，我们常常可以看见一道魅人的风景，那就是雁阵。大雁们排着"一"字形或"人"字形的队伍，嘎咕嘎咕地鸣叫着，从我们的头顶飞过，由北而南，渐去渐远，以至于无，令少年时代的我往往生出无限的畅想。而呼啸的麻雀群，若风暴骤起于蘋末，在庄稼地的上空，在乡场，刮来刮去，亦让人有一种惊心动魄的感觉。有时，麻雀群停驻在十几棵光秃秃的树上，树上便立刻像长满叶子。这些"叶子"在叫嚷着、吵闹着，让人觉出一种无限的生意。至于灰喜鹊，它们往往也在这个季节一大群一大群地从村庄的上空飞过，从原野上飞过，不知从哪里来，亦不知往哪里去了。还有一种鸟，我不知道叫什么名字，专门吃柿子。它们也是大群地来，每次来，家乡的柿子便会遭一次劫。但家乡人似乎并不恨这种鸟，有时在摘完柿子后，往往还给树上留下几个供这些迟来的鸟儿们吃。

　　曾几何时，家乡的鸟群在不知不觉间消失了。生态的破坏，环境的变迁使河流干涸、树木减少，鸟群再也找不到一个可供栖身生存的家园。现在，家乡广袤的原野上偶尔还能见到麻雀群。但在我看来，亦没有记忆中的庞大、壮观了。若干年后，是否连麻雀们也会弃我们远去？我说不清楚，但我不无担忧。社会在进步，人类在繁衍，但我们谁愿意面对一个没有鸟群的明天呢？站在故乡的土地上，我翻捡着少年时代的记忆，于心灵深处默默地呼唤："归来吧！我的鸟群。"

虫　声

　　回到乡下，踏着月色，独自在野外闲走，心里若装满了月光，分外的恬适宁静。早春二月的旷野，依然阒寂无人。风很硬，吹在脸脖上，还有些许凉意。"吹面不寒杨柳风"，那只是诗人的想象，抑或浪漫。只有小峪河的水在哗哗地流着，若音乐，穿透时空，深入人的心灵与骨髓。这时候，我常常会在脑中翻检一些旧事，但翻检的结果，大多如古人所云，是"事如春梦了无痕"。于是，索性什么都不想，只在田野河滩信步胡走，让月色浸透全身。不觉又想，有时闲走也是一种享受呢！

　　如果四周再响起一些虫声，如"听取蛙声一片"中的蛙声、"油蛉在菜畦中歌唱"中的油蛉声，抑或蝉声、蟋蟀声，那又会是一种什么情形呢？不用说，自然如神仙般舒坦了。其实，在我们日复一日的生活中，没有虫声的日子已经很久了，我们实在需要一些虫声，需要一些天籁，来润泽我们那颗荒芜了的心。尤其是生活在大都市里的人们。

　　记得小时候，夏夜里，我常随了大人们到河里去捉鱼、逮螃蟹。行走在田间小径上，或者蒿草丛生的河滩上，吹着夜风，望着高邈的天空上如拳的星星，心中便是一片澈明。有时，大人们谈论一些乡间的逸闻野事，谈论一些神鬼狐狼，我只觉好听有趣，并不怎么害怕。间或，什么也不谈，只默默地在路上走，耳中便盈满了虫鸣。蛙声自不必说，那是夏夜虫声世界的主旋律。此外，还可听到蝼蛄叫，以及好多不知名的虫子叫。总之，是极热闹的。我们的脚步声响在哪里，哪里的虫声便如落潮般息了下去；待我们走过，原来声音平息的地方，便又像涨潮的春水，嘹亮起来。用"此起彼伏"，或"你方唱罢我登场"来形容夏夜虫鸣的热烈，我想也是确切的。可惜，那时我年纪尚小，不解虫鸣的野趣。待到明白了这些，我已离开了那个生长虫声的地方。夏夜值得一记的还有在禾场上纳凉，那也是倾听虫鸣的好时光。但至今忆起来，也是一片的渺茫。依稀间，只有萤火虫从眼前飞过，至于虫声，已和夜风中飘过的荷香一样，永远地留在了梦中。

　　此外，蝉鸣和蚂蚱的吟声，也是夏日里难得的天籁之音。尤其是黄昏，漫步林间，看夕阳衔山欲坠，斜晖遍地，听着悦耳的蝉鸣，觉得人生于世，能和自然和谐、默契，也是一种欣慰与美丽。至于蚂蚱，则可于酸枣丛中，于收过麦后的田野中捕而得之，用麦秸秆编一精致小笼，挂于室内，或挂在门框上，便可时不时听到优美的歌声。鸣蝉餐风饮露，本性高洁，不宜养活。而蚂蚱则可饵以葱叶或南瓜花，便足以使这小虫活命。有时，欲听蚂蚱高亢、激越之声，则可饲以辣椒，蚂蚱的叫声便异常的洪亮。

　　在乡间经常可闻的还有蟋蟀的叫声，那得等到秋日。秋天的时候，白日黑夜里，到处都可听到它的歌声。人们称它为秋虫，实在恰当不过。蟋蟀的叫声，如琴如瑟，如丝如缕，让人很易伤感，也容易使游子怀乡。台湾诗人余光中在其诗作《蟋蟀吟》中就曾这样写道："中秋前一个礼拜我家厨房里/怯生生孤零零添了个新客/怎么误闯进来的，几时再迁出/谁也不晓得，只听到/时起时歇从冰箱的角落/户内疑户外惊喜的牧歌/一丝丝细细瘦瘦的笛韵/清脆又亲切，颤悠悠那一串音节/牵动孩时薄纱的记忆/……就是童年逃逸的那只吗？/一去四十年又回头来叫我？"其殷殷的思乡之情，溢满字里行间，让人唏嘘不已。蟋蟀是一种好看的虫，亦可饲养。入秋，窗前床头就会有它美妙的歌声，在人如水的心境中荡起一丝涟漪，也实在是一件惬怀的事。

　　读古书，我常为昔人对物候变化的感悟力所震动，又为他们的非凡想象力及创造力所倾倒。比如他们创造的"夏"字和"秋"字，就像一只凝然不动的蝉和鼓翼欲跳的蟋蟀。想必古人对这两种虫及其鸣叫声也是情有独钟的吧。蝉一鸣，夏天就来临了；而蟋蟀一歌唱，就意味着是秋季了。蝉我不知道，蟋蟀可以算得上是地道的中国虫了。这从中国最早的诗歌总集《诗经》中，便可窥见它的影子。

　　坐在都市的水泥楼里，行进在喧嚣的街道上，我的耳畔常常回想起乡野的虫声——那种带着泥土的芳香、混合着庄稼气味的虫声。无论是嚯嚯的蟋蟀，还是吱吱的蝉鸣，抑或蛙鼓、纺织娘的歌声……它们都让我感动。我们已日益疏远了庄稼，疏远了土地，我们还要疏远那醉人的虫鸣么？漫步旷野，面对一地水样的月色，面对就要到惊蛰时节的土地，我深深地叹了一口气。

温暖中的疼痛

　　冬至一过，年就悄然向我们走来。先是街上的人明显多了起来；再就是有了零零星星的炮仗声，打工者开始返乡。一些客居西安的异地人，也像候鸟一样返回故里。还在上班的人，心里也开始有了慌慌的感觉。但我却无动于衷。我早先不是这样的，和所有的在外工作者一样，每年到了年关将至的时候，心中也是急切地盼望着，盼望着能早日回到故乡长安稻地江村，闻闻那里的炊烟味，看看那熟悉的笑脸，尤其是亲人们的笑脸。这样，我的心里就得到了莫大的慰藉。三十年间，我回家乡过年的举动，一直没有中断过。但自从父亲在三年前那个秋天遽然离我而去后，我的心里一下子变得空落了许多，过年时，迫切回家的心情，也逐年变淡。我不知道我回家去干什么。故乡是我的出生地，我理应眷恋。但从一个更深的层面上讲，它是因了父辈们的存在而有意义的。

　　心中虽然彷徨着，可记忆深处所隐藏着的那一丝温暖的情愫，却如涌泉，时时泛起。那涟漪，也是一圈一圈的。

　　父亲在世时，每年的年三十夜，他老人家总要亲自下厨，做几个菜。然后，一家人围着桌子，边吃年夜饭，边看春晚。父亲最拿手的菜有两个，一个是麻辣豆腐，一个是板栗烧鸡块。每年，他几乎都要做这两道菜。豆腐是父亲做的，鸡是自家养的，至于板栗嘛，是父亲到杜曲集市上买的。父亲过去是不会做饭的，关中男人也没有下厨做饭的习惯，每年的除夕夜，他之所以要亲自下厨，全是因了我和三个弟妹，他想让我们高兴一下。父亲学会做饭，纯属一个意外。大约是 1971 年吧，父亲受公社的派遣，远赴海南，学习水稻改良技术，一去八个多月。起初，他们在当地吃派饭，后来几个人不想老麻烦老乡，就决定自己动手，轮流做饭。一来二去，父亲竟然学会一手不错的厨艺。当然，最初，他也是受了一番苦的。听母亲讲，父亲刚学做饭时，实在是一头雾水，没奈何，第一顿饭，竟给同伴做了只有跑山人才做的老鸹头。酒是要喝的，一和我们喝酒，父亲一下子变得和蔼了，没有平日的严肃了。酒实在是好东西，它拉近了我和父亲的距离，让我觉得这个家，更加的温暖。

一般情况下，大年初一早晨的五点钟，父亲就起床了，他和母亲一起，要为我们包饺子。而此时，我和弟妹们则还在香甜的睡梦中。睡梦中，有此起彼伏的鞭炮声，还有父亲嘭嘭嘭地剁饺子馅的声音。待我们起床后，一碗碗热气腾腾的饺子，就端到了我们的手里。那饺子真香啊，汤里还漂着许多香菜末、葱花什么的，一望就让人馋涎欲滴。吃罢了饺子，我一般会到村中转转，和村中的老者兴致勃勃地下几盘象棋，而父亲呢，也常会笑眯眯地站在一旁看。有时，一端详就是一上午。直到我兴尽离去，他才离开。

初二吃过早饭后，我和父亲母亲都要带上礼物，涉过清浅的小峪河、太乙河，去舅舅家做客。舅舅家在我们村西的新南村，村庄西倚神禾原，南面终南山，也是一个风景秀丽的小自然村。舅舅和父亲关系很好，每年过年时到舅舅家去，父亲都会喝得微醺。而回家时，舅舅都会一送再送，直到把我们送出村，送到太乙河畔，才依依不舍地分手。待我们过了河，回头一望，舅舅还站在河的那一端，向我们招手呢。父亲则会隔了河嘱咐，让舅舅一过初五，就上我们家中来。那几乎是关中农村，舅舅给外甥送灯笼最早的一天。

如今，这些场景还有，但父亲却没有了。每想及此，我的心中就如长了乱草，慌慌的，还有点疼痛。

草　色　青

　　1974年暮春，正是麦子扬花时期，父亲突然接到了王莽公社的通知，让他和县上另外两位同志，去海南岛学习杂交水稻育秧。父亲和母亲说了一声，便借了路费，上路了。这一去就是漫漫的八个多月，其间，父亲来了好几封信。我那时刚上小学二年级，母亲太忙，又要去生产队上工，又要照顾一家人的吃喝，根本没有时间回信。我便按照母亲的吩咐，给父亲回了几封信。没想到，就是我这歪歪扭扭的字，半通不通的句子，竟然得到了父亲的称赞。他夸我进步大，让我以后多给他写信。大约是当年的11月份吧，一天傍晚，我正和小伙伴在打谷场上玩，隔壁的小宝来喊我说："快回家去，你爸回来了！"闻听此言，我把正滚的铁环一丢，一口气跑回家。父亲就站在院子的中央，母亲和弟妹们也在，周围还有许多左邻右舍的乡亲。父亲晒黑了，显得有些瘦，但精神看上去很好，眼睛很亮。不知怎么搞的，我喉头滚动了一下，憋了好久的"爸"字最终没有喊出来。父亲见状，抚摸着我的头说："半年不见，长高了！"随后，回到房中，掬出一捧椰子糖，放到我兜起的衣襟中，对我说："分给他们吧！"我一回头，我的四五个玩伴，正站在我的身后呢。看见糖，他们的眼睛忽然都亮了一下。多年后，我到海南岛出差，一日无事，专门去超市，购买了各种椰子糖，但怎么也吃不出当年的那种甜。

农村孩子，没有什么娱乐，就爱看个野台子戏。有时甚至不是为了看戏，而是图了那份热闹。我爱看秦腔，大约就是出于此吧。20世纪70年代中期，我常随村里的大人、随大一点的孩子，不惮路远，往周围的村庄里，攥着看戏。为看戏，我曾从树上掉下来过，还曾坐在麦秸垛上，看着看着，睡着过去，直到夜露打湿了头脸，我才醒过来，揉揉惺忪的睡眼，慢慢向家里走去。见我迷戏，父亲想方设法，让我到西安易俗社看了两场大戏。至今忆之，情景宛然在目。1975年的冬季，一天下午，我刚放学回到家里，父亲便让我穿暖衣服跟他走。到了大队部门前，我才知道，父亲是让我随他去西安看戏。我们随村干部登上一辆大卡车，坐在车厢内的长条椅子上，一路向西安开去。路上，尽管天气很寒冷，大家冻得瑟瑟发抖，但还是兴高采烈地谈论着。那晚，看的是新编秦腔《红灯照》，舞台华丽，灯光、音响很好，舞台旁边还配有字幕，尽管是配合宣传排演的现代戏，但还是让我这个乡下孩子开了眼，过足了戏瘾。那晚看完戏后，我还东寻西找，搜罗到了一本连环画《小刀会》，和所看过的戏对照了看，终于弄清了它们中间的一些渊源，为此，我还高兴了一阵子呢。另一次是1977年夏天，易俗社上演秦腔《周仁回府》，父亲带我去看了。那天出演周仁的演员是秦腔名家李爱琴，她的婉转苍凉的唱腔，尤其是其饰演的周仁悲痛欲绝，来回甩头发的情景，至今历历在我眼前。由此，我也知晓了什么叫艺术，什么叫真正的艺术家。值得一记的是，那晚戏毕，父亲还带我到街头的小吃摊上，吃了一笼小笼包和一碗馄饨，其汤鲜肉香，让我至今难忘。

1982年的秋天，我考上了西安的一所师范学校。接到录取通知书后，父亲高兴得一连几天合不拢嘴。乡亲们也替我高兴。那年月，大学难考，大学生也金贵，一个村庄，三两年间，难得能考上一个。乡亲们让父亲请客，尽管家境不裕，但他二话没说，还是卖了槽头的猪，买了两瓶竹叶青，割了两三斤肉，热热闹闹地把乡邻们款待了一顿。当年的

9月1日，我到学校去报到，父亲执意要送我。事实上，我那时对西安一点也不熟悉，仅从通知书上知道，我要就读的学校坐落在翠华路上。没有父亲送我，我还真的胆怯，怕找不到。于是，我用网兜提了脸盆牙具等，父亲扛了被子，我们搭乘长途汽车，一直到小寨，然后，步行到学校报了到。报完到，父亲怕我对周围的环境不熟悉，还带我出去逛了逛。我记得，我们游览了大雁塔，游览了寒窑，似乎还到小寨新华书店转了转。中午，我们吃了一顿面。父亲说我正长身体，需要营养，给我要了一碗荤面，他自己则要了一碗素面。当时，一碗素面，仅一毛五分钱。

祖父晚年，尽管身体还很康健，但已严重伛偻，走路需弯着腰。就这样，他还不闲着，不是劈柴，就是割草。没办法，一辈子在土地上劳碌惯了，闲下来难受。不知从什么时候开始，祖父迷上了抹花花牌，得空了，和三两个老哥们儿偷偷玩，彩头也不大，也就三分五分的。别人把闲话说到了父亲跟前，他沉默了一下，说："没啥！我爸忙了一辈子了，该歇歇了。"说闲话的人，很无趣地走了。从此，隔三岔五的，父亲会偷偷给上祖父五毛一块的，让他玩。

我和妻子有了女儿后，最初的两年里，没有精力带，便把女儿放在老家，让父母带。每逢周日回老家，在村头的路边，父亲总是把女儿架在脖子上，痴痴地等我们。见到我们，他总是笑眯眯地说："回来了！"然后，一块儿回家。

2007年8月25日中午，我正在家里休息，突然接到了母亲的电话。我的第一感觉是，父亲可能不行了。因为怕影响我的工作，母亲从来没有主动给我打过电话。果然，接通电话后，母亲平静地说："你回来一下，你爸怕是不行了！"三年前，父亲突发脑溢血，后经抢救，命算是保住了，但从此缠绵病榻，其间，还有过反复。卧病期间，我和妹妹回家看他，曾经那么刚强的一个人，见了我们，却常常流泪。别人也许会说父亲是因病伤情，独我知道，他老人家是在自责，恨自己的病迟迟不好，拖累了亲人。我回家后，父亲已经重度昏迷。我和弟妹坚持要往医院送，医生和母亲都不让，说人已经不行了，就让他在家里走吧。我们在父亲身边守了一夜，直到他安然离开这个世界。入殓时，想到在人世间，从此再也见不到父亲的身影了，我的心仿佛被锐器刺穿了一样，痛彻心扉。

六年了，一个人的时候，我常常在心中默默想念父亲，也曾猜想，父亲若活到现在，该是一种什么样子。我曾多次到过父亲的坟头，他的坟头已被青草覆满。诗曰"谁言寸草心，报得三春晖"，虽然此诗写的是慈母，但我的父亲何尝不是这样呢？我能报答父亲什么呢？除了思念，还是思念。

八月的庄稼地

　　我记忆里的八月和散发着泥土气息的青玉米有关，和香气氤氲的瓜果桃豆有关，更和葳蕤蓬勃、发疯一样生长的野草有关。蝉鸣林荫，河水潺潺，丽日当空，田野静寂，整个大地像一位端庄的孕妇，一眼望去，让人觉出一种无尽的妩媚和欢悦。而父亲就是在这个季节里去的，去了另一个永恒的世界，这让我对八月更加记忆深刻，难以释怀。

　　从安然素朴的村庄出发，沿着一条白杨树夹道的机耕路，带着烧纸，带着对逝者的思念，我和弟妹们向村南走去。道路两旁是大片的稻田，水稻已垂下了沉甸甸的头颅，泛出金黄的颜色。有蚂蚱在脚下蹦，一只两只的，扑棱着，银色的翅翼在阳光下闪光。有鸟雀在树上叫，叽叽喳喳，叫成一团，仿佛树木自己在说话。阳光很好。我们边走边聊，但话题多和父亲无关。谁愿把失去亲人的疼痛和对亲人的怀念常挂在嘴上呢？那种心灵深处的隐痛，只有无人的时候，只有一个人静处的时候，或者耳闻目睹到与此相关的事情时，才会如水一样，慢慢地洇浸过心头，让人难过、垂泪。日常的时候，这种怀想和疼痛，更多的是埋在心底里的，就像我面前的树木，一年一年地生长，根须也愈来愈粗壮，愈来愈伸向土地的深处，伸进我们心灵的深处。一如我们面前的远山，一如天空中的白云和田野里四处流浪的清风，是永远的。

　　但在这样的环境里，我还是想到了父亲，这是不由人的事。毕竟，一年前的今天，父亲是怀着对人世的无限眷恋，怀着对这片土地的无尽挚爱和对亲人的挂念，静静地离开我们的。那天，天还下起了淅沥的小雨。这也是这个秋天里的第一场雨。我想到了父亲的音容笑貌，他清癯、慈祥，面如紫铜。他爽朗的笑声，仿佛还在他耕作过的土地上回荡。而他的身影呢，似乎就闪现在玉米地里，出现在水稻田里。有时我甚至疑心，他只是劳作累了，或许就坐在某一条田塍上，有滋有味地抽烟，歇息一会儿，风正像一个顽皮的孩子，恣意地吹皱他充满汗味的衣衫。

我们很快便走到了清澈的小峪河边。这是一条伴随了父亲一生的河。孩提时代，父亲曾无数次带我在河里摸鱼逮蟹。记忆中，夏日的夜里，吃过晚饭，拿上手电筒，提上鱼篓，我们便踏着月色出发了。此时，四野虫声唧唧，蛙鼓阵阵，而萤火虫也挑出了它们的小灯笼，在夜色里游荡。那忽明忽灭的荧光，和天上如拳的星星交相辉映，使夏夜显得更加的神秘、美丽。顺着乡间小路，工夫不大，就到了河滩。我们撩亮手电，往水潭中一照，嗬，水中的鱼蟹真多！鱼儿趋光，光到之处，它们便摇头摆尾地游了过来，聚集于手电光下，拥挤着不肯离去。用自制的竹网猛然一抄，就可以捞出许多。不过，我们还是把它们放回了水中，鱼儿不是太大，吃了伤生。我们的主要目标是螃蟹。夜间，螃蟹仿佛一下子成了呆子，在手电光下，一动不动，用手往水里一掏，便被湿淋淋地抓上来，丢进了鱼篓中。于是，空寂的鱼篓顿时就变得热闹起来。大约不到一个时辰，便可捉到满满一篓。有时运气好，还可以捉到老鳖……

"爸爸，你想啥呢？"我正在胡思乱想，走在我一旁的女儿突然问。

"我想你爷爷的一些事儿，"我说，"还记得小时候爷爷教你的一首儿歌吗？"

女儿一脸茫然。

“你得记住。”我说，并随口唱出了那首歌谣：

> 一根草，
> 顺地跑，
> 开黄花，
> 结蛋蛋，
> 名字叫个歪蔓蔓。

“儿歌蛮好听的嘛。爷爷教过我这首儿歌吗？那是一种什么植物？”

“不但教了，当时你还背得很熟，可惜你现在忘了。那首歌谣所描述的植物叫蒺藜草。”

女儿有些不好意思。我不怪女儿，女儿在乡间由爷爷奶奶带着时，只有两岁，如今她已出落得亭亭玉立，成了大学生了。

说话间，我们已来到了一大片玉米地旁。这里是父亲的埋骨之地，一年前的八月二十五日，父亲被埋葬到了这里。当时，我和乡亲们给父亲挖墓时，玉米已生长得密不透风，并且结出了粗大的棒子。我们不得不砍倒了一大片即将成熟的玉米，才给父亲腾出了一块墓地。那天，被砍倒的玉米散发出来的清甜的气息，浓烈至极，至今还时常在我的记忆里萦回。拨开茂密的玉米丛，费了一番劲，我们终于找到了父亲的墓地。仅仅一年的工夫，父亲的坟头便已长出了半人高的野草，成了真正的青冢。我们那一带乡俗，生前行善的人，谢世后，坟头会长满青草；反之，则会生满荆棘。见此，我的心里生出无限的欣慰。

面对坟头，用棍子在地上画一个半圆，点上蜡烛，祭过酒，我们便齐刷刷地跪下去，给父亲化纸钱。当纸灰如黑色的蛱蝶在晴朗的天空中飘飞时，我似乎感到了父亲从天上注视我的深情的目光。我的心不由得颤了一下。父亲长眠之地，东边不远处是一条机耕路，南面是一年四季长流不息的洋峪河，河边是一大片树林，树林里时常有斑鸠鸣叫，再往南，则是终南山；西边是庄稼地，紧接着是一个大桃园；北边山脚下，便是一条清泠的小溪，沿溪是两排高大苍老的树木，再往北就是我们祖祖辈辈生活的村庄，还有少陵原。春有花，夏有月，秋有虫声可闻，冬有瑞雪相伴，想他老人家一定不会寂寞吧。

喜欢八月，喜欢八月的原野，更喜欢八月原野上的庄稼地，因为它和我的一个亲人有关。尽管，它曾让我锥心蚀骨地疼痛过。

两位先生

　　早就想写一下我的两位初中老师，因素材平淡，且又稀少，故而一直未曾动笔。但多年来，我对他们却又割舍不下，想想，还是写写吧。他们是高忍厚、高稳绪两位先生。其中，高忍厚先生已于七八年前作古，现今墓木怕已成荫了。而高稳绪先生虽健在，也已七十多岁了。

　　说起来，他们和我还是同宗，都姓高。我们村在秦岭脚下，是长安樊川一个极普通的村庄。村庄南临终南山，西临神禾原，北倚少陵原，东为高地，村北村南有大、小峪河流过，村庄周围是大片的水田。春日，"绿树村边合，青山郭外斜"；夏日，"山村不假阴，流水自雨田"，可以说是不似江南，胜似江南。村庄很大，有十四个生产小队，三四千人。如按旧时划分，最少能分成四个社。事实上，村中现在还保有过去的遗风，每年耍社火时，就是分作东、南、西、北四个社的。每个社有社旗，有锣鼓家伙，但已无社公和社祭，因为"文化大革命"期间开展"破四旧"运动，这些东西早就不时兴了。两位先生都是第九生产队的人，属于西社。我家在七队，属于南社。我们离得不远，中间隔着一个八队，也就一里半路的样子。而两位先生家，离得就更近了，是比邻而居。高忍厚先生家在东面，高稳绪先生家在西面，两家之间，就隔着一堵一人高的土坯墙，墙的顶上苫着稻草。而两家所种柿树，就枝丫交错着，越过土墙，互相伸进对方的院中。鸡声狗声的，也就互闻了。两位先生关系很好，尽管来往不密，却保持着彼此间的客气和敬重，见了面，点点头，打个招呼，然后就各自忙各自的事去了。他们都有一点矜持。他们都是民办教师。不过，多年后，俩人都转成了公办教师，吃上了公家饭，这是后话。而那时，我已考上大学，离开家乡多年了。

我们村的小学是一所戴帽小学，所谓戴帽小学就是小学和初中在一起。这在二十世纪五六十年代是不多见的，只有大村才有这样的资格。学校在村南，建在一座清代修建的三义庙里，校名叫稻地江村小学。1973年，我还在上小学，正值"文化大革命"期间，尽管如此，三义庙并没有被拆除，而是搬走了神像，做了四位老师的宿舍。出得三义庙是一个小院，东西两侧各有六七间瓦房，也是教职员工的宿舍，高忍厚、高稳绪两位先生就住在西侧一排的瓦房里。而院中除了青砖铺就的甬道，余地则为花园。花园中种植着月季、牡丹，还有四季常绿的冬青。甬道边则植满了柏树，柏树黑森森的，有两三丈高，都是一些有了年月的老树。这些柏树到了冬天，就成了麻雀的窝巢，一到日暮时分，满树冠里都是叽叽喳喳的声音，仿佛树枝上长的不是叶子，而是一树的鸟雀。院中还有一棵巨大的合欢树和两棵大榆树。合欢树的花我们都叫绒线花，一到六七月，合欢树就开满了粉红色的花，远望如霞，近看如画，美得让人想闭上眼睛。小时候，我很害怕到教师院里去，尤其是下雨天和黄昏时分，我惧怕进三义庙，也惧怕那些黑森森的柏树，我总疑心那里面藏有怪物。只有到绒线花开放的时候，我才觉得这个院子一下子变得鲜亮起来，才不再那么可怕。出得教师院，则是一个四五亩地大小的操场，操场的南面，是一座古老的戏楼。广场和戏楼的东西两侧，全是教室，还有五六张乒乓球台，戏楼的南面，已成为一片片水田。夏日课间，我们在操场上做广播体操或者疯跑，操场的上空，则是漫天的蜻蜓，红色的，蓝色的，麻色的，翅翼在阳光下闪着亮光，倏忽而东，倏忽而西，惹出我们无限的畅想。

　　我上小学时，高忍厚、高稳绪两位先生并没有教过我，他们都是初中的老师。直到我 1978 年读初中时，他们才开始给我带语文课。其中，高忍厚先生还给我当过三年的班主任。他们带学生都有一个特点，就是一茬一茬地带，一直从初一教到初三，直到初中毕业。然后，又返回身，再从初一带起。这样的教学法，那时在农村极为普遍，有些像种庄稼，一季一季的。这种带法的优点是师生间彼此熟悉，容易教。缺点呢？如碰上一个吃干饭混日子的老师，这一个班的学生就算是毁了。好在校方好像还没有昏头到这种地步，一般这样带学生的老师，都是经过挑选的，不惟德行好，业务能力也很强，否则，也不敢随便把一个班的学生，轻易交出去。若真是那样，家长还不炸了锅？俩先生教课各有特点，忍厚先生说话语速快，且声音洪亮，讲课时声情并茂，激动处，还往往辅之以肢体语言，学生很爱听。譬如，他讲猴子掰苞谷时，模仿猴子掰一个丢一个的情景，惟妙惟肖，至今还刻在我的脑海里。照理，忍厚先生是我的班主任，我是无缘听到稳绪先生课的，但我上初二那一年，忍厚先生因为身体有病，请了一学期的病假，我们班的语文课只好请稳绪先生兼代，这样，我才有幸得到他的教诲。

　　和高忍厚先生一样，高稳绪先生长得也很排场，高高的个儿，浓厚的眉毛，红润的脸庞，看上去既健康又干净利落。稳绪先生讲课时慢条斯理，有板有眼，有些老学究的味道。他的课，学生也爱听，尤其是课文分析课，可以说是条分缕析，让学生听得明明白白。和忍厚先生不一样的是，他给我们上课，竟然用的是普通话。这在我们那个年代的乡村小学中，是不多见的。他的普通话夹杂着一点点淡淡的鼻音，听惯了，还觉得很好听。他就用这种带点淡淡鼻音的普通话，给我们讲《卖油翁》、讲《卖炭翁》、讲《捕蛇者说》，还讲《百合花》，学生们听得津津有味。但他似乎不苟言笑，无论课上课后，都是一副严肃的样子，学生都有点怕他。我那时因为喜欢写作文，而且作文比班里别的同学写得好，而深受两位先生的喜爱。两位先生常把我的作文当作范文，在班里的作文课上讲评、朗读。我当时写的一篇童话《猴子和小白兔》，经过高忍厚先生的修改，多年后，还在西安的一家儿童文学杂志《宝葫芦》上发表。包括我后来走上写作之路，也和当年两位先生的培养有关。

因是民办教师，课余和农忙季节，两位先生也侍弄庄稼。在家乡读书的那段年月里，每逢夏收秋忙季节，我常见他们拉着架子车，往返于田间和村庄。车上有庄稼，也有粪土。而他们的孩子，也时常跟随在车子左右，做他们的帮手。遇到村里人时，他们有时会停下车，用袖子擦一把头上的汗，和乡亲们打声招呼，顺便自己也歇一歇；有时则点点头，问候一声："忙着？"然后继续赶自己的路。他们仿佛就是村人中的一员，坦然，没有一点难为情的意思。夏日插秧时节，他们也偶尔高挽了裤腿，赤脚下到水田里，耙田插秧。俩先生的农活干得都不赖，完全称得上是庄稼把式。队上人和村里人都很敬重他们，没有谁敢讥笑他们。因为，村中的大人小孩，多是他们的学生。

忍厚先生好读书，还好吟诗。暑假期间，我们到学校去玩，如果适逢其值班，便会常常看见他搬一把椅子，坐在绒线花树下，神情专注地读书。读到会心处，脸上便不由自主地露出一丝微微的笑容。此时，偌大的校园是寂静的，唯有蝉儿在树上高一声低一声地叫。而恰有清风吹过，风吹树动，开败的绒线花便会轻轻落下，有那么一朵两朵的，就落到先生正看着的书页上。他就会抬起头，怅然地望一眼绒线花树，一望就是半天，也不知先生在想什么。我知道先生好吟诗，纯属一个偶然。也是暑假中的一天吧，我因家里距学校近，去戏楼上乘凉。这座建于清代的坐南朝北的戏楼，原是为酬神用的，神嘛，就是对面庙里的刘关张，他们保佑村人平安一年、村庄五谷丰登，故村人便于一年的夏秋两季庄稼收割完后，连演三五天大戏，酬谢神灵的护佑。但那都是旧年月的事情，新社会不兴这个。如今，戏楼大多是用来放映电影，或者召开全村社员大会，除此，大部分时间是空闲的。戏楼的台边是用厚厚的青石条砌就的，盛夏，躺在青石条上，小风一吹，要多凉快有多凉快。我那日就是冲着青石条去的。我刚上得戏楼，就听见有人在靠南的阁楼上吟诗，再仔细一听，竟然是高忍厚先生。他吟咏的是王维的《终南山》，"太乙近天都，连山接海隅。白云回望合，青霭入看无……"但那时我并不知道先生所咏是何人的诗，直到多年后方知晓，那是唐代大诗人王维的诗，而且知道了王维所歌咏的山，就是我们村对面的太乙山，距我们村也就五六里远。因隔着一道木板墙，加之先生又在楼上，故那天先生并没有发现我。我后来也是怕打扰先生，便悄然离开了。在其后的几日里，我见忍厚先生又去过戏楼几次，便在心中暗暗地说："先生又去阁楼吟诗了。"而稳绪先生则好写点小文章，有时还给西安的报刊投稿。有一次，听别的老师讲，稳绪先生的文章发表了，我们好奇地找来报纸看，发现署名并非先生的名字，而是高望云。我不明白，一问他人，原来是笔名。起初不知此笔名的含义，多年后方悟出，那时先生的父亲刚去世，取的是"望云思亲"之意。稳绪先生还能拉二胡，春秋黄昏时节，我去校园中玩耍，曾多次见其搬一把椅子，坐在办公室门前，咿咿呀呀地拉二胡。此时，他的神情是专注的，也是淡远的。二胡声音如水，氤氲了整个黄昏。

　　1982年秋，我离开故乡，到西安读书，从此，和两位先生见面的机会，一下子变得稀少起来。仅有的几次见面，也是我回故乡期间，在路上碰到的。遇到了，有时打声招呼，有时则会站在路边，很亲热地说说话。

　　稳绪先生在我离开故乡后，从稻地江村小学调到了长安县（今长安区）樊川中学。说起来，樊川中学也是我的母校，我初中毕业后，就是在这所中学上的高中。樊川中学在我们村的村东，距我们村大约两公里的样子，两者间由一条砂石公路连接。樊川中学所在地过去是一片坟地，新中国成立后移风易俗，坟冢被悉数平去，恰好县里要在王莽公社修建四中（樊川中学），为了节省土地，便挑选此地作为校址。选校址于此，也算是选对了，因为它恰好位于几个村庄（稻地江村，上、下红庙村，东、西王莽村，刘秀村，三官堂村）的中心地带，家境贫寒的学生，可以不必住校，食宿完全可以在家里解决。我在樊川中学读书时，经过二十多年的发展，学校环境已经变得很好，校园中有高大的白杨，有翠竹，还有枇杷树、石榴树。教师生活区的附近，还有一个大花园，里面长满了美人蕉。每年夏季，美人蕉盛开时节，花园里红彤彤一片，很是壮观。这个花园里有小径，很幽静，说是为教职员工修建的，其实学生也可以进去游玩。很多时日的清晨，我就曾在此背诵过课文。我至今还记得，汉乐府民歌《孔雀东南飞》、白居易的《长恨歌》《琵琶行》，就是在这个花园中背诵会的。那时是少年心性，和所有的少年一样，我也在心中暗暗地喜欢着班里的一个姑娘。那姑娘也时常爱在花园中背书，我来此，很多时候，也是为了能遇到她，多看她一眼。中学毕业后，回忆往事，我还曾为此写过一首诗，以记其事。

好像是 1990 年的夏天吧，一日，我从西安回家看望父母，不知咋的，忽然很想去樊川中学瞧瞧，是因为一段割舍不下的情愫呢，还是别的什么原因，说不清楚，总之，我鬼使神差地去了。其时，适逢学校放暑假，校园中空寂无人，唯有蝉儿在歇斯底里地叫。七八年不见，校园中的翠竹更见茂盛，树木更见高大，而花园中的美人蕉也愈加的秾丽了，简直有长疯了的感觉。我独自一人在校园中走，心中不免生出良多感慨。就在我行走至操场边时，蓦然发现一个人在瞄我，定眼一瞧，可不是稳绪先生么。原来，这天恰逢他在校园值班。见有陌生人入校，不免要出来看一看。我喜出望外，急忙趋步向前。他见是我，亦很高兴。没有去他的办公室，我们就在操场边的树荫下，边走边聊。从闲聊中得知，他现在教高中语文，课不重，每周六节。他的儿子已考上陕西师范大学，女儿也已上高中。在我记事的时候，稳绪先生的老伴已过世，这么多年，他一直一个人拉扯着两个孩子过。也许，先生对妻子感情太深了吧，也许是怕委屈了两个孩子吧，总之，他没有再续弦。我在为先生高兴的同时，心里总觉酸酸的，有点戚戚然。

忍厚先生后来调到了我们县的教育局，有一次，在西安工作的同乡聚会，也邀请了他，我有机会又见过他一面。先生那天很高兴，喝了不少酒，依旧健谈，但已有老相。不意，这次见面，竟成了永诀。当年的秋天，就在我去四川出差期间，一位同学打来电话，告知我先生去世的消息。我当时呆了呆，心中顿然间就长满了荒草。好在，他的一双儿女已长大成人。先生的女儿高小珍大学毕业后，在我们家乡的政协工作。是去年春天吧，我们单位的一位记者去长安区政协采访，无意间碰到了她。她向同事打听我的近况，知道我闲暇时喜欢写点小文章，还特意托同事给我带回来了区政协编辑的一套丛书《老长安》和《长安百村》，让我做资料用。我将这套书放在我的办公室案头，闲暇时，时时翻看。每次翻看，就有一股暖流涌遍全身，就会感受到家乡四季的气息，也就会想起忍厚先生。

忍厚先生在世时，曾在他家院东辟有一块菜园，里面广植各种蔬菜，有葱蒜韭，有芫荽、菠菜、杨花萝卜，还有黄瓜、豆角、西红柿等，都是一些常见的菜蔬。而菜园的东墙边，则种了几株牵牛花，每年春夏，牵牛花发疯似的生长，很快爬满整个院墙，葳葳蕤蕤的一大片，看上去很是壮观。夏秋花开时节，红的紫的牵牛花开满整堵墙，微风起时，花摇叶动，煞是好看。先生去后，不知那个菜园还在否，土墙边还种牵牛花吗，有机会见到他的女儿，我一定要问问。

凤 翔 哥

按理我应该叫他凤翔叔，因为他和我父亲的年龄差不多，好像还比父亲大着几个月，但父母都让我喊他凤翔哥，他自己见了我，也让我这样叫他。后来，我才闹明白，这是村上的规矩，照辈分叫。老话说"人穷辈分大"，我家辈分大，我和他属于同辈，自然得这样叫他。不这样叫，就瞎了规矩，乱了辈分。而在乡间，是最讲究辈分的。

听村人讲，凤翔哥是旧社会过来人，因家里穷，十四五岁时，就随村里的大人跑南山砍过柴，割过条子。南山也就是终南山，属秦岭山系长安区一段的北麓，其山大沟深，路险坡陡，野物众多，那年月，还时常闹土匪，一般人家，若非揭不开锅，是断不会当跑山人的。那几乎是在拿命挣饭吃。凤翔哥随村人砍了柴，或挑到引镇，或挑到杜曲，在集市上出卖。凤翔哥的柴很好卖，原因嘛，他砍的都是青冈木，青冈木火力硬，经烧，一般老买家都愿买。加之，他又是一个孩子，一些买主同情他，因此，他的柴，比别人的都卖得快。若割的是条子，就麻烦一些，无论是黄栌条子，还是水曲柳条子，都得先挑到家里，费上四五天时间，把它们编作筐篮，然后挑到集市上去卖。卖了钱，籴些米谷，这样，他和寡母十天半月的嚼谷就有了。凤翔哥没有父亲，他的父亲多年前已死去，死于年馑。他也没有兄弟姐妹，只有一个堂伯，但来往也不密。日子如流水，虽然艰难，但还是在一天天往前过。而凤翔哥在这平淡、艰难的日子中，也在慢慢长大，一如他家门前的那棵钻天杨树。

在凤翔哥还闹不清是咋回事时，新中国成立了，接着便是土地改革。因他家赤贫，他和其他两家人分到了本村财主的一座大瓦房。他家分得了东面的一间。虽是一间，但高敞明亮，门窗带雕花，台阶是青石的，屋内青砖铺地，比他家那一间半草房好多了。凤翔哥大喜过望，和寡母笑盈盈地搬进了新居。好事还没有完，不久，凤翔哥居然被本队人选作了"贫协"主席。于是乎，他日夜开会，组织发动群众，斗地主，搞生产，忙得活像一只陀螺，在村里村外滴溜溜乱转。凤翔哥瓦片翻身，成了队上的红人。他在驻村工作组的撮合下，还找了邻村一个姑娘做媳妇，红红火火地过起了日子。他逢人就说："还是新社会好啊！"

但凤翔哥高兴得好像有点早，就在他说过此话几年后，便遇到了"大跃进"，接着又是三年自然灾害，村人刚刚有些油水的肚子，又迅速瘪了下去。凤翔哥也不例外，他也是饿得两眼发花，走起路来，好像地上铺了棉花，老踩不实。让他更难过的是，他的寡母由于体弱，受饿不过，在一个雨夜去世了。凤翔哥几度哭得昏死过去，最后都被村人救醒。短短数日，他就瘦得脱了形，人也变得萎靡起来，没有了先前的精神……

我能记得凤翔哥时已经到了1969年前后。那时我刚5岁，常到他家的院子里去玩弹球。他家的院子和屋内一样，也是青砖满地，光洁平整，特别适合蹦弹球。加之，他还有一个女儿彩萍，和我们年龄相仿，也能玩到一块儿。我们蹦弹球时，时常看见凤翔哥急匆匆地穿过院子，进出家门。若是春夏秋，他则戴着一顶蓝色的单布帽，那布帽也不知经过了多少年月，已褪色发白，连帽舌都是软塌塌的；若是冬天，他则戴着一顶火车头式的棉皮帽，帽前是带毛的，已看不出是什么兽物的毛，但颜色还能看出来，是褐色的。两片护耳的帽扇，则永远顺帽檐竖起来，但又不系着。这样，他一走路，两片帽扇就不断地上下忽闪，活像一只在天空鼓翼飞翔的老鸹。每次看到这种情景，我都禁不住想笑。那时，我们并不知道他在忙些啥，直到多年后方知晓，"文化大革命"来了，他在忙着"闹革命"。那段年月，凤翔哥风光无限，连走路时腰板都挺得直直的。但他好像也得罪了不少人，同队的人很少和他来往。就连我的父母也呵斥我，禁止我到他家的院子去蹦弹球。他的女儿彩萍也很落寞，很少有小朋友和她玩。时常，我们在街道或打谷场玩耍时，便会冷不丁地看见彩萍，她孤零零地站在不远的地方，用右手食指顶着下嘴唇，呆呆地看着我们玩。

　　后来"文化大革命"结束了，农村实行包产到户，凤翔哥再次成为一个正经庄稼人。村里人也渐渐原谅了他过去所做的一些荒唐事，每逢人家有婚丧嫁娶，也能见到他的影子了。那时，我已到西安上学，接着是工作，每每节假日回家碰到他，他都会热情地和我打招呼："兄弟，回来咧，拿了啥好烟，给老哥尝尝。""兄弟，啥时候吃你的喜糖，可不敢忘了你老哥呀！"我一边客气着，一边急忙给他敬上一支烟，并帮他点上。他深深地吸一口烟，半天才吐出来，连说："好烟！好烟！"我便不失时机地又给他递上一根，他夹到耳朵上，然后笑眯眯地走了。过不久，我结婚时，他和他老伴果真都来了，忙前忙后的，帮了很大的忙。事后，我还专门去了他家一趟，送了一些酒菜，以示答谢。

　　好久没有回老家了，也很久没有见过凤翔哥了。听说他现在迷上了打麻将，每天除了下田干点活外，都要和几个老伙计五毛一块地搓几圈，不论输赢，图的是个乐呵。他的女儿彩萍已出嫁，且他已有了外孙。听说女儿很孝顺，时常来看他。人生一世，尤其是一个庄稼人，晚年能有几天滋润的日子，也就是最大的福分了。

一个会种蘑菇的同学

　　小时候，我最喜欢去的几个同学家，除了赵恩利家外，就是孟养利家了。赵恩利家在村北偏东的赵家巷，其家有三间庵间房和两间厦房，两房相接处有个小天井，上面是一架浓荫蔽天的葡萄。那时流行打扑克，我便常和赵恩利在他家的天井里打牌，无论春夏秋冬，当然，以前三季为多。尤其是夏日的午后，院子里静悄悄的，唯有蝉儿在榆树上长鸣，我们坐在天井里，微风吹着，头顶是碧绿的葡萄叶和晶莹剔透的葡萄，长夏无事，足可玩个畅兴。孟养利家在村十字路口西，门前临着一条小河，河水来自村东，清泠无比，一年四季，长流不息。到他家去，便需跨过一座小石桥。他家有四间厦房，东西各两间，中间是一个正方形的院子。因少人走动，院子里便时常结着一层薄薄的绿苔。若遇连阴雨天，绿苔便会缘滴雨石，爬上台阶，很有一些古意和诗意。他家因两个姐姐已出嫁，家中唯有父母和一个弟弟，加之家中少人来往，因此显得异常安静。这种静，有时竟会让人感到一丝无端的害怕。好在他家还有一个后院，足有半亩地大，里面除种有榆、椿、槐树外，还栽有柿树、杜梨和两株山药，这里，便成了我们的乐园。玩三角、蹦弹球，秋天摘了拇指大的山药蛋煮熟了吃。总之，一切都随着我们的性子来。

　　在家中玩厌了，我们会相约到村外或邻村的同学家去玩。我们最爱去的地方是小峪河滩。暮春四月，杂花生树，麦苗已秀，雉鸣声声，我们沿着开满野花的田间小径，迤逦来到河滩边。那时，小峪河还没有被污染，河水清澈，水中鱼虾繁多，加之沙白石洁，野芦遍地，绿树成荫，行走其间，确实让人心旷神怡。我们在河畔散步，在林荫下读书，在河水里濯足，谈学习，谈理想，当然也谈各自心目中的女孩。至于夏日的傍晚，到小峪河边去散步，则是更惬意不过的事了。在河边走累了，随意找一个深潭，脱了衣服，在潭中戏水，此时，虫鸣如雨，洒落在苍茫的夜色中；萤火虫在我们周围飞，荧光一闪一闪的，倏忽而东，倏忽而西，有时则静静地伏在石头上或草丛间，让人觉出夏夜之神秘与美妙。我们半躺半坐在水中，谈着心事，心如天边的云彩，已逸奔到了远方。而孟养利决心高中毕业后回家种植蘑菇的事，就是他在那时告诉我的，我当时还惊讶了好半天呢！

转眼间，我们就高中毕业了。赵恩利考上了西安的一所邮电学校，我也考上了西安的一所师范院校，只有孟养利没有考中，不得不回到了父辈们生活的村庄。好在他早有心理准备，便乐呵呵地奔他的生活去了。孟养利是一个很有主见的人，他当年夏天回到村里，就立刻着手搞起了食用菌种植。他又是拜师，又是看书，不到三个月，有关食用菌种植方面的事，就搞了个清清楚楚。买棉花籽，买锯末，买菌种，买塑料袋……腾出东边的两间厦房做养殖地，经过一番折腾，一切准备就绪，单等一个月后蘑菇长出。在20世纪80年代初的农村，搞食用菌种植还是一件新鲜事，至少，在我们村庄里，还没有人种植过。孟养利搞食用菌种植的事，立刻成了村庄里的重大新闻，村里许多人都跑到他家来看稀奇。就连我也于周末休假时，骑着自行车，奔波四十多里地，从西安赶到老家，关注他的种植情况。也许应了"好事多磨"这句老话吧，孟养利种植蘑菇的事并没有他预想的那么顺利，一个多月后，除了少数培植的菌棒长出了蘑菇外，大部分菌棒都没有长出蘑菇。惆怅之余，他干脆把这茬蘑菇采摘了，并于一个周日，约上我和赵恩利，以及他的家人，把这些蘑菇全部享用了。然后，他仔细寻找第一次失败的原因，重打鼓，另开张。此番的种植便异常的顺利，一个多月后，蘑菇大获丰收。他将这些蘑菇采摘了，然后，用自行车带到集市上全部售卖，赚到了他步出校门后的第一笔钱。得知他赚了钱，我当时还替他高兴了一阵子呢。此后，孟养利就开始了大面积种植，养殖房不够用，他干脆和父母商量，将后园毁弃，在上面建了四间大瓦房，而房间便全部做了蘑菇种植地。

光阴如梭，不觉间就过了几十年，在城市里生活惯了，我回乡日稀，和孟养利的交往也愈来愈少，有关他的一些情况，也所知甚少。只隐约从母亲口中得知，孟养利在回村的最初几年里，确实靠种植蘑菇赚了一些钱，后来，搞种植的人多了，蘑菇越来越不好卖，他便不再种植蘑菇，而是学了漆油漆，每天走乡串镇，给人家油漆家具。日子虽清苦，但似乎还过得去。去年过年，我回老家看望母亲，初一晚无事，我去他家找他，见了面，彼此谈了一些各自的近况。他告诉我，他刚在村西路边盖了一院新房，年后就准备搬家。我听了，由衷地为他高兴。我问他见到过赵恩利吗，他说没有。其后，便无话，便是一段长久的沉默，我们都感到有些尴尬。我知道，我们之间变得生分了。这不怪我，也不怪他，在时光面前，一切皆可改变，包括少年时的友谊。

我起身告辞。走在回家的路上，孟养利的身影不断在我的脑中浮现，我翻检着我们年少时的那些旧事，不觉有点淡淡的感伤。此时，远村近郭，不断有鞭炮声响起，抬头望望天空，不见月亮，只有几点星光。风很硬，夜色如墨……

护 秋 人

　　乡下一年中最好的时光要数秋天了，尤其是中秋前这一段日子，更是好得不能说。秋虫不分昼夜地在田间地头、在人家的房前屋后鸣叫，如琴如瑟；路边田畔，野菊花开得如火如荼，金灿灿、黄亮亮的，如星星，似眼睛，这儿一簇，那儿一堆，馨香得能让人背过气去。此时，秋庄稼也即将成熟，散发出一种淡淡的清香。天高云淡，秋风送爽。行走乡野，其乐可知。而对这种欢乐体验最深的，莫过于护秋人了。他们日夜吃住在田间，游荡在地头，看护守卫着庄稼，以免即将成熟的玉米、大豆遭人盗窃，遭野物糟蹋。工作轻松，没有太大的压力，心如头顶之云，倏忽而东，倏忽而西，没有羁绊，简直赛若神仙。唯一让他们难受的是，无人说话，有些寂寞。但在奇妙无穷的大自然面前，这些又算得了什么呢？护秋人有的是办法化解这种寂寞。譬如，吹吹口哨，看看蚂蚁打架，听听蝉鸣，或者在田边的小溪里洗洗脚，摘两把野菊花插到草庵前……总之，一切是那样的有趣味，日子也便如流水般，清亮亮的，一日一日地朝前过着。

　　我们生产队的护秋人叫民民，他是一个光棍。光棍日子恓惶，出来进去都是一个人，队长看他可怜，发善心，便让他做了护秋人。而这一护便是七八年，直到他离开村庄，从我们村庄消失，才算结束。

　　民民和我同姓，他原本不是光棍，有父有母。他的父母是老来得子，就守着他一个独生儿子，十亩地里一棵苗，宝贝得不得了。这种过度的溺爱，害了他，也害了他的父母。民民从小就不知孝敬父母，和父母争吃争喝。稍长，便开始打骂父母。父母受不了，便常到大队和公社去告状，但告状换来的结果是晚间遭到更重的虐待和毒打。民民的母亲有哮喘病，冬天里，整个人喘得像一架风箱。民民嫌他母亲告状，就常在灶房里烧辣椒秆，老人不出屋吧，喘得不行；出屋吧，外面小刀风刮着，冷得不行。这样日夜糟践，民民的母亲终于如他所言，到老坟里顶了墓疙瘩。母亲一死，民民又开始加倍折磨父亲。他常常在夜间把父亲吊到房梁上打，打得父亲一声长一声短地号。队上人实在看不惯，便联名将其告到了公社，要求公社严加处理。公社书记一看，这还了得，就安排召开了一场批斗会，民民被民兵小分队五花大绑押上台，给狠狠地批斗了一顿。这样，民民虐待父亲的行为才有所收敛。不过，他从此在村庄里也成了名人，村里人都知道他是一个逆子，教育孩子时，都拿他做反面教材。民民二十一二岁的时候，他的父亲也离开了人世。这样，他便成了一个"光杆杆"。出门，一把锁；入门，冰锅冷灶。他一下子感到了人生的艰难。他似乎有了悔意。人们发现，他无事时常爱到父母的坟上去转，有时坐在坟前发呆，且一坐就是半天。队上人看他可怜，安排活路时也有意照顾他，这样，他就常干一些诸如给生产队的牲口割草，到集市上卖豆腐之类的轻省活儿。在这些活路里，当然也包括护秋。

　　护秋人一般会在庄稼地边搭一高架棚，以便望远。高架棚大多搭建在路边或溪水边，图的是取水和出行方便。但也有搭草庵的。这种草庵大都搭成"人"字形，一面留口，三面覆上稻草，稻草用草绳拉住，再在上面压上湿树枝，以防大风起时，吹跑了稻草。这样，一个能防风雨的草庵就搭成了，人住在里面，既干爽、暖和，又不怕夜露。民民护秋时，住的就是这种草庵。他因为家中就他一个人，无人给他送饭，便在距草庵一丈远的地方堆起三块石头，简单地垒了一个灶台，上面架起一口小锅，这便是他烧饭烧水时的家伙了。那时候，我们一帮孩子常爱到他的草庵里去玩，要么打扑克，要么玩三角，或者斗草，或者捉蟋蟀，一玩就是一天，常常到天黑了才恋恋不舍地归家。见我们中午不回家，民民常摘了毛豆，掰了嫩玉米，煮熟了给我们吃。煮时，他给锅里放点盐巴，煮熟的毛豆和玉米便格外好吃。时过数十年，我对那时的情景，对那些清香的食物至今不能忘怀。

大约是 1975 年秋季吧，民民又被生产队派去护秋。一日薄暮，他一个人百无聊赖地在地头转，突然发现一个二十多岁的女子昏倒在小路边，他慌忙将其抱进草庵里，做了饭，烧了水，把她救醒。据那女子讲，她是北原上人，逃婚出来的。她的父母贪图村支书家的彩礼和权势，硬要把她嫁给村支书家的痴呆儿子，她不愿意，便逃了出来。当晚，那女子就宿在了民民的草庵里。第二天第三天，她还没有走，直到她家里的人找来，硬把她从草庵里拉走，村里人才知道，民民在草庵里收留了一个女子。那女子走后，民民像丢了魂似的，一个人在地里胡转。原来爱说笑爱、爱和我们玩的他，一下子变得沉默了。终于，在一天夜里，他一个人悄然离开了村庄。

民民离开村庄后，从此再也没有回来。有人说，民民到北原上做了人家的上门女婿；还有人说，他因伤心去了新疆。民民家的房屋后来因长期无人居住，瓦上面长满了瓦松和猫儿草；院墙也因风雨的侵蚀，无人修葺，颓败不堪。后来，生产队见他久无音讯，在一次调整庄基地时，干脆把他家的庄基地划给了邻家。

秋风又起……

也不知民民还在不在人世，如在，他怕已有六十开外了吧。

泥　　活

　　泥活不是指建房盖屋、砌墙搭桥之类的活儿，它是一种专指，是一种职业，这样说你不一定能懂，但若说捏泥人的，你便明白了。

　　不要小看捏泥人的，它说俗了是一种工艺，说雅了，可是一种艺术。江南的竹编和江北的泥活，可谓两绝。竹编出在南方，离我们较远，远则不论，单说北方的泥活，就有不少的学问。就说采泥吧，泥不但要性黏，而且要质纯；既要不生（生则易碎），又要避免过熟（过熟则土壤结构被破坏，黏性不足）；此外，还要把泥窝到（至少要窝一天一夜）。"窝"是关中的土话，犹如普通话说的"发酵"，不过，发酵没有窝字说得来劲。泥窝到了，就可以捏了。

　　大家都管捏泥人的叫泥活师傅。泥活师傅往往方圆百里难得找到一个，他们一般都是赶集、串村，做游转生意。哪里逢集过会，就在哪里摆摊设点。一副挑子，前面装泥、笔，以及一些应用的家什，后面装铺盖行李，还有一个很高的马扎。一肩挑了，晃晃悠悠地从一个村串到另一个村。到了歇脚点，不慌不忙，只捡十字角落处支了家伙——一个凹形箱子，里面放着窝好的泥，为保湿润，用一条毛巾盖了，然后放下马扎，稳稳地坐上去，便可开始一天的营生了。不用任何宣传，娃娃们是最好的广告。于是，小娃围上来，大人围上来，你要一个猪八戒啃西瓜，我要一个吕布戏貂蝉，他要一个大红蜻蜓。泥活师

傅忙着，不一会儿，汗就下来了。工夫不大，娃娃手中举的不是嫦娥
奔月，就是金蟾戏水——飞的似飞，游的欲游，花花绿绿的，满街
满巷。

我们村上的泥活师傅是吴三小。三小者，脚小、手小、口小也。脚
小能游走四方，手小则能出巧活，至于口小，虽不能如口大者那样吃遍
关中，却也可吃遍本土。吴三小的泥活在我们这一带是叫了好的，人们
不仅知道他有一手绝活，而且连他的许多家事也都晓得。

"疙瘩吴三小，父母死得早。住在稻草窝，房子千柱脚。照的松明
火，睡的苞谷壳。穿的粗布衣，吃的粑粑馍。"

听了流传的这首顺口溜，你就该晓得他是一个怎样的人、过的是什
么样的生活了——光棍一条，家境艰难。吴三小不是不要老婆，而是想
要，奈何人强命不强，没人愿意跟。

吴三小做的泥活名声很大，以至方圆百里的地方，别的泥活师傅都
不敢来。有一次他在引镇设摊时来晚了一步，有一位不知水深水浅的，
偏偏占了他的位置，别人以为他会计较，他却显得出奇的平静，在离那
人十几步远的地方卸下担子，支起摊子，悠然地干了起来。几袋烟的工
夫下来，外地泥活师傅的摊前，客人已寥若晨星。而他则有点应接不暇
的样子。他不无得意地对周围的人轻轻一笑，开口说："瞧做的那活，
那能叫'活'吗？"

吴三小能捏的花样确实不少，飞禽走兽，花花草草，捏啥，活脱脱
地像啥。他善于着彩、装饰，捏出的东西，几乎可以乱真了。人们说：
"吴三小捏出的人呀狗呀鸡呀的，就差那么一口气。"他不仅活儿做得
好，而且做得很快。他从来都是现捏现卖，买主刚说要一个武松打虎，
他已飞快地用刀在锅里划一条泥，揉团拉圆搓，三下五除二，不几分
钟，一个手执哨棒、头戴风帽、脚蹬皮靴的打虎英雄，就活灵活现地捏
出来了。吴三小最拿手的泥活是捏孙悟空三打白骨精。不过，他很少给

人捏，曾经有一位买主执意要他捏，宁愿掏大价钱，他也是连赔着小心，笑眯眯地推掉了。"狗看星星一片明，世间识货者稀！"听着他的话意，好活是要留给识货之人的。时隔不久，村里的主任请他捏一个孙悟空三打白骨精，他却松松爽爽地捏了。

做泥活的，大多是现捏现卖，吴三小与众不同，他不仅卖，有时也赊。山不转水转，人不熟地熟。在一个地方转悠得久了，难免熟人稠得能碰掉耳朵。吴三小与别的泥活师傅的不同处是，有时他还同意以物易物。譬如，半碗苞谷换个泥人呀，一块馍馍换个泥狗泥猫呀，只要买者愿意，他都干。这就给那些没有活钱的娃娃们提供了方便，他们常偷了家中粮食，来和吴三小兑换。这样，吴三小一年中，总要换到几石粮食。那些娃娃们的家长，则对他很有意见，在他原本极好的名声后面，加上一条不太光彩的尾巴。不过，吴三小也不在乎。至于他一天只做一铜锅泥的活的规矩，则是和别的师傅一样。"暴食伤胃""好饭慢慢吃"，他是信奉这两条的。

本来，吴三小凭着祖上传下来的这门手艺，安安宁宁，满可以度过这一生的，可他却偏偏在四十岁时，变得不安分起来。在那个大兴石膏像的年月，他也别出心裁地捏起了样板戏英雄人物像。凭良心而论，他做得是很不错的，买的人也不少。可是，多必有失。终于，有一次，在村里过庙会的时候，他在稠人广众面前，一不小心将一个刚塑好的像跌在了地上，摔作一团。在场的人大惊失色，一个个目瞪口呆；他吓得"扑通"一声跪在地上，任人怎么拉也拉不起来……

由村里的那位主任做主，他被看押起来，准备第二天开全村批判会，批判他的"滔天罪行"。

第二天早晨，吃过饭，人们带了小凳，陆陆续续地到学校去开会，不料，村中却传来了一个意外的消息：吴三小这小子跑了！主任亲自带着民兵在村中，以及南面的山中搜寻了三天三夜，莫说人，连一只狗的影子也没看到。

他的失踪，仍是一个谜。

吴三小就这样消失了，"吴泥活"就这样失传了多年了。

石　匠

　　福厚大爷也是一位手艺人，他是做锻磨的。锻磨是一种古老的职业，现在，都市里、大平原上，已经绝迹。过去，这种手艺人可多的是，不看别的，单说那石磨，哪个村镇没有个三台两台的，更不要说，每过几年，旧石磨用的日子久了，磨纹消减，不那么好使，又要重新锻过。因而，这种手艺人的多与少，可想而知。新中国成立初，生产刚起步，国家还很穷，且发展也不平衡。尽管城镇已通了电，有了电磨、电碾、电水车，可乡村里却还不普遍。尤其是我们山村，轮也轮不上，更何况，山村还没通电的条件。这样，石磨依然咿呀，石碾依旧嘎吱。这样，锻磨的手艺人当然还得继续完成他们的使命。福厚大爷就是我们村上的锻磨人。福厚大爷是个啥样的人呢？用泥活师傅吴三小的话说，是"好人，没福"。何以见得是个好人呢？不偷不逮，还不是个好人？何以见得没福呢？一辈子日子紧巴，无儿无女，童身一条，还不是无福？听听吴三小的高论吧："福厚，福厚，连个豆瓣也没有，腐（福）在哪里？"

　　在山村里，福厚大爷还是一个怪人，他好吃，特别喜欢吃肉。死猫烂狗、腐鼠臭狸、瘟鸡病猪，他都吃。说也奇怪，他胡吃乱吃，居然也没得过啥病。唯一有恙的一次是他在生产队里的沤肥坑上，拾了一只被农药药死的母鸡，他做着吃了，之后感到肚子痛、头晕，结果上吐下泻一番，也就没事了。他说他有免疫力，也许是。村里人都说他很脏（吃死猫烂狗还不脏么），独吴三小有异议，认为他是穷。吴三小和福厚大爷都单身，年龄也差不多（四十多岁）。也许是同病相怜吧，他俩的关系十分不一般。吴三小的酒，福厚大爷没少喝；福厚大爷的烂肉，吴三小也没少吃。俩人在一块儿，无话不谈，无事不说，比知己还知己。比如，福厚大爷的一桩奇事，旁人不知道，吴三小就知道。福厚大爷有一件黑棉袄，由于日久，棉袄领变得冰冷如铁。有一年冬天，福厚大爷耐冷不过，适逢他捉了一只大鼠，就吃了鼠肉，把剥下的鼠皮，用火烤干了，粗针大线地将它缝在领子上，穿上刚暖和了一天，不料，当晚就被一只猫把领子撕得稀烂（猫以为那是一只老鼠）。福厚大爷唯苦笑而已。这年，他就穿着那件衣领飞花扬絮的棉袄过了一冬。

福厚大爷虽然有一屁股的缺点，诸如贪吃、腌臜之类，可本村、邻村仍有人请他锻磨。一来他锻的磨（碾）好使，磨面细，碾米粒饱，且推起来省劲；二来方圆十里八村，还没有第二个锻磨的，真可谓"离了胡屠户，要吃连毛猪"。基于这两个原因，不请也得请。故而，福厚大爷在村里村外活得很响。福厚大爷锻磨，只需带一把大锤、一根钢钎而已，此外就是两片嘴，走到哪儿就吃到哪儿。别人知他爱吃肉，因此，请他的人，不论肉质次质好，一律大碗大盘地上，他都吃得十分畅兴。吃得好，干活儿也从不惜气力。主人不开口喊吃饭，他就一上午一下午地坐在石料上，嘣当嘣当地敲个不停。直到主人把饭摆上桌，他才歇手去吃。因此，他的生意还蛮红火。

"大跃进"时，全国范围猛"放卫星"。山村虽没有外界热闹，但村里的人脑袋也有些发热，一夜间"化"起来，只等着"楼上楼下，电灯电话"，过神仙般的日子。疯闹的结果，是村里多了许多因浮肿而导致的"胖子"。福厚大爷本是瘦子，不愿"胖"，可由不得自己，也一如众人地"胖"了起来。村里人碗里稀了，脸上多了菜色。方圆几十里，没有了石磨咿呀的歌声。福厚大爷那忙活了几十年的锤子、钎子，也终于躺在了他家的门背后，与蛛丝尘土为伍了。

　　不久，村外的坟地中，"馒头"渐渐多起来。福厚大爷也到那里占了一个位置。

　　"嘣当——嘣当——"，我已经很久没有听到这种声音了。

有 生 伯

有生伯是个樵夫，因辈分高，人们称其为"伯"。这个"伯"字是个泛称，没有多少亲缘含义，与小孩称年纪稍大的人为叔叔阿姨相同，只是亲切。

我们那里是平川，作物分稻和麦，一年两熟。至于山，也很不少，就在村南，离村子约十里，有谓之南山的。南山又叫终南山，是秦岭山系的一段。当年王维在此卜居时，写过一首著名的诗："太乙近天都，连山接海隅。白云回望合，青霭入看无。分野中峰变，阴晴众壑殊。欲投人处宿，隔水问樵夫。"诗中所写情境，就是此山。有生伯就是入此山砍柴的一个樵夫。

樵夫是下力的职业，苦、累都无所谓，最头痛的是碰到野兽时，如熊、豹、狼、山猪等，就要玩命。命是好玩的？新中国成立前，生计苦，进山入此道的人可真不少。土地改革后，这种活就被搁到一边了。山是宝山，也只好"望山兴叹"。过去跑山时的一些奇闻逸事，便在吃饭时，当作作料，流传于口端，使大树下的老碗别有一种味儿。

一把斧子，一根扁担，一套绳索，加上一双草鞋、一副裹腿带，打扮起来的有生伯，就是这么简单。上路了，干粮袋在背后晃。有时是几个黑馍、几块玉米面粑粑，有时是一堆煮山芋，甚或有时还是一升炒苞米。他用一个破旧的、发暗的、看不出什么颜色的包袱皮将干粮裹了，大步流星地往山里赶。进了山，砍些柴枝搭个窝棚，吃些干粮，然后就开始干活。山谷里，林子深处，就传来了梆梆的凿木声。待到太阳翻过西山头时，一天的砍伐也就结束了。若是柴木，拖到窝棚前捆好就是。若是棍子，就要架火烘烤，去其皮，斫其疤，使弯曲的变直，使涩的变滑。若是条子，则要去其小枝小刺，有叶的还要去掉叶，然后，用绳索捆了，齐齐地放倒在地上，就算收山了。夕阳欲尽时，吃些干粮，喝些泉水，给窝棚前拢一堆篝火（既可取暖，又可防野兽），便可呼呼入睡。天明，沾着露水或雪水洗把脸，用扁担挑了收获物，向山外快步走去。如是柴、棍，就在镇上卖了；如是条子，还须挑回家去，编成筐篮，再到集上去出售。卖的钱，籴些玉米带回家去，几天的生计就有了指望。有生伯就凭这个，使一家人得以糊口。

有一年冬天，天还未下雪，为了生计，有生伯又进了一次山。但这次一去，他再没有回来。有人说他被冻死了（因为有生伯进山后的第二天，山上落了一场雪）；有人说他让山魈迷住了；有人则说他让熊豹糟蹋了。有生伯的老婆和娃娃们哭了个天昏地暗，人们帮着他们找过几次，没有找着。因而也没有啥好办法，只能同情地陪他们流几滴眼泪，唏嘘几声。

过了半个月，一位山民在山岗上捡了一头死熊。在熊的后背上，一把斧子深深地陷进熊肉里……本村有位赶山的见了那斧子，说是有生伯的。有生伯的女人托人去要，回复说已经进了炼钢炉。她痛哭了一回，便把家中的另一把斧子，连同有生伯的一些破衣烂袄收拾了，择了村东一块好地，造了一座墓。

春秋，村头路东，墓草青青……

阎 居 士

在我们村南十里地有一个村庄叫马鞍岭。村庄很小，也就是百十户人家的样子。村庄的东面三四里地，就是我祖母的出生地吴家沟。马鞍岭村坐落在一座状如马鞍的岭上，岭不高，也就十多丈高的样子。岭上荒荒的，生茂草灌木，还大片大片地生长着酸枣丛。夏天，蝈蝈在酸枣丛中叫成一片，一直叫到后半夜也不停息。云或月就无声地从岭上走过，留一丝诡谲或清白在岭上。

岭东的高岗上，住着一位异人，他就是阎居士。居士是佛门中修行人的一种，但他们却不住在寺庙里，不剃发，不受戒，也不受寺庙清规戒律的限制。他们带发修行，是遗世的高人，有物外想，但不背弃社会。阎居士就是这么一个人。方圆四村八乡的百姓，也都知道马鞍岭上住着这么一个"结庐在人境"的人，也都对他很尊敬。

阎居士和我的祖父很熟，是朋友。这有一个缘故。二十世纪四十年代的一个冬天，我祖父和他的一个朋友到南山跑小生意，因贪赶夜路，为群狼所困。俩人踉踉跄跄，边跑边挥舞着手中的褡裢驱赶狼群，不让它们靠近，情形十分危急。正在艰难支撑时，阎居士夜间坐禅，听到呼救声，便和他的哑巴壮仆出门，燃起两堆篝火，方吓退了狼群。待狼群离去后，我祖父和他的那位朋友都吓得成了一摊软泥。事后，二人大病一场。但也因了这点缘由，我的祖父和阎居士便成了朋友。我祖父后来娶吴家沟吴氏女为妻，也和他常在这一带走动有关，当然，这是后话。

听祖父讲，阎居士是河北白洋淀人。白洋淀是一个富庶的地方，出芦苇，出鱼虾，还出产芦苇席。那里出产的芦苇席光、洁、白、韧，行销京、卫、府、关东一带，很有名。阎居士的家里就世代业席。大约20世纪30年代吧，阎居士的家人因卖席和席庄老板交恶。席庄老板属于当地的世豪之家，家大业大，势力也很大，便勾结官府，毁了阎居士的家。阎居士年轻气盛，愤恨不过，便趁一个月黑风高之夜，悄悄潜入席庄，用镰刀砍了豪强，并放火烧了席庄，因惧怕官府追捉，便只身逃到陕西长安，落脚于南山下面的马鞍岭村。到马鞍岭村后，他用随身携带的银钱，购置了十多亩荒地，筑茅草房三间，又收了一个哑巴壮仆，便过起了自耕自食的隐居生活。

阎居士的田地里种麦、种豆、种蔬菜，除此，还种了许多药材，有当归、远志、半夏、党参等，有些药材，村里人从未见过。阎居士通岐黄之术，他常为周围村庄慕名而来的人看病。

他识字，爱读陶渊明的诗文，爱读《五柳先生传》，爱读《高士传》《缁门崇行录》《五灯会元》。他的草房前没有柳树，但有三四棵柏树。那柏树虬枝盘结，叶子很少，似乎有了一些年月了。有时风从树间穿过，树叶似乎连动都不动。除此，他还爱读一些医药方面的书。很多时日里，阎居士便一个人搬了凳子，坐在门前，啜着茶，看南山上的白云，似乎心里在想着什么，又似乎什么都没有想。日月，便在这种物我两忘的情形中，倏忽间逝去了。而世事也在这不觉间，有了许多变化。新事物一个接一个，让人眼花缭乱。阎居士的生活也有了许多改变，先是壮仆为南山土匪所杀，接着是他的田地归了村上，种什么，不种什么，他再也做不得主。只有门前的几棵柏树还存在着，只有那几间茅草房还依旧立着，但阎居士明显地见老了，老得连地都下不动了。他怎么生活呢？

　　大约是 1970 年的夏天吧，七八岁的我不知患了何病，整日恹恹的，只一味地偷着瘦。村卫生所、公社医院、县医院、西安儿童医院，父母都带我去看过病，但并未见转好。我是家族里的长孙，久病不好，家人都很焦心。正在无计可施之时，一夜，祖父于叹息中忽然想到了阎居士。第二天，祖父便同父母背了我，赶到马鞍岭阎居士的家里。

　　阎居士那年已有六七十岁的光景，老态龙钟，花白的头发长长的，很乱。一把胡子也是乱糟糟的，不成样子，让人见了心酸。见是祖父，阎居士很高兴，开门把我们让进家里。喝了点茶，略略寒暄，他问明了祖父的来意，便用手摸了摸我的头，很随意地看了我几眼，对祖父和父母说，这孩子是受了"水吓"。母亲恍然，一个月前，我确实曾掉进过门前的小河里。经阎居士一番撺弄，我的病很快便好了。家里人很高兴，事后还特意备了一份礼物，去谢了一下阎居士。

　　这是我唯一一次见到阎居士。不久，阎居士便于一天夜间突然消失了，有人说他回了河北老家，叶落归根嘛。还有人说他躲进南山修行去了。反正，这个世界上，从此便再也不见了阎居士的影子。只有野外的风，还时不时地从门前吹过，呜呜的，似哭，或者像笑……

姨　婆

　　在长安乡间，孩子们将自己祖母的妹妹称为姨婆。记忆中，我也是有一个姨婆的。不过，这个姨婆不是亲姨婆，而是堂姨婆。

　　我的祖母叫吴桂珍，她的娘家在本县吴家沟。吴家沟是一个风景秀丽的小山村，村东一里许有一条美丽的河，河水一年四季潺湲地流着，河水清洌，河中多大石，有小鱼游焉。河边多茂柳，多柿树，多野花，是一个让孩子们易于流连的所在。幼年时的我，每每随祖母到舅爷家里去，便总要在此处嬉戏。严格来讲，舅爷并非我的亲舅爷，而是堂舅爷。祖母的父母只有祖母这个女儿，嫁给祖父后，随着岁月的流逝，她的父母相继谢世，她的娘家人就只剩了堂舅爷这一支。这样，堂舅爷的妹妹，就理所当然地成了我的姨婆。而姨婆家，也便成了我家的一门老亲戚。

　　说来有趣，祖母出嫁到距娘家以北八里许的稻地江村，姨婆则出嫁至距我们村以北六七里地的竹园村，三个村庄在一条线上，如三颗山楂，被一条弯弯曲曲的乡间小路串了。每年舅爷家所在的村庄过古会，或者姨婆要熬娘家，她的第一站必是我家。这样，每年的许多时日里，我便能见到姨婆拐着一对小脚，在我家进进出出，和祖母亲热地唠嗑。在我家住上一日或几日后，两姐妹便会结伴去娘家。而从娘家回来时，姨婆会照旧在我家耽搁三两日，然后，才依依不舍地返回竹园村。

七八岁时，我曾多次随祖母去过姨婆家，至今，每每忆及，还感到些许温馨。

竹园村在少陵原半坡上，昔年，村庄附近曾有一个竹园寺。村因寺名。竹园寺的西边三四里地，便是著名的兴教寺，系唐玄奘法师的埋骨之地。竹园寺兴盛时，香客不绝，竹篁满院，也称得上一方有名道场。惜寺僧作恶，糟蹋妇女，后被官家杀了僧人，刈了修竹，烧了寺院。可怜一方佛家道场，顷刻化为焦土。寺废名留，也给乡间野老闲谈时，添了一段掌故。姨婆家住在竹园村的最北面，其家建在半坡的一处高台上。台前面是两间瓦房，后面是两孔窑洞，有一个很大的院子，院子的东墙有一棵大枣树。春天，枣树开一树淡淡的枣花；秋天，则结一树绿红相间的大枣。枣熟时节，村里的孩子最爱到姨婆家里玩，他们无非冀望得到几颗枣儿吃。在我童稚的记忆里，姨婆似乎称得上是一个慈祥的人、慷慨的人。我多次随祖母到姨婆家里去，都见她拿着一根长竹竿，踮着一对小脚，笑眯眯地在树下打枣。被打下的枣在地上乱跳着，而院中，孩子们也乱作一团，嘻嘻哈哈、闹闹嚷嚷地抢着枣。自然，我也年年有口福尝到姨婆家的大枣。那枣脆甜可口，香味透人心肺，至今挥之不去。

其实，姨婆那时生活得并不幸福。不知什么原因，她和丈夫分居，和一个哑巴儿子过活着。姨婆一生育有三子，前边两个儿子成家后搬出另过，其中，大儿子还是竹园村的书记。哑巴儿子是她最小的儿子。尽管儿子当着书记，但她似乎不愿叨儿子的光，照样和小儿子下地干活，乐呵呵地生活着，似乎没有一丝愁容。

我曾见过姨婆的丈夫，他个儿不高，清清瘦瘦的一个老头儿，整天沉默着，如一滴水，或者一块石头，低着头，默默做事，默默走路。我从来未见他笑过，也未见他开口说过什么话，是一个乡村常见的庄稼人。除此，没有什么特别。我至今闹不明白，姨婆为什么会和他生活不到一块儿。

　　姨婆信佛，吃长斋，常到村西的兴教寺进香。那时，这种事被斥为封建迷信，是被禁止的。但她总是偷偷地去。因她是村支书的母亲，村人也不敢多说什么。青灯佛龛前，姨婆究竟寻觅到了什么？我不得而知。

　　随着祖母的谢世，我们和姨婆家这门亲戚便断了。但几回回梦里，姨婆笑眯眯的样子老在我眼前出现，令我又回想起了童年时的许多美妙时光。

　　又见秋风起，窗外的梧桐树上，有片片黄叶飘落。生于泥土，归于泥土，这就是人生，自然，平淡。姨婆这片树叶怕早已飘进佛国了吧？我想念她。

河　柳

二十世纪八十年代初，我读高中。校园在村东三公里外的野地里。这里前不着村，后不着店，过去曾是一片坟地。坟地里松柏森森，荒草离离，狐兔出没，一片荒凉。土地改革时，当地政府将树林砍去，平掉坟头，种上钻天杨、枇杷树，植上花草竹石，修建了四五十间大瓦房，一所中学就建成了。因校址位于樊川中部，故取名樊川中学。一时，四乡八里的学子云集于此，负笈求学。晨昏间，辄闻琅琅的读书声，辄见三三两两的学子在野外散步，让人几乎忘记了这里昔日曾是一片坟地。只有到了清明节这一天，附近村里的人到校园内烧纸钱，才让人想起这片地过去的用场。

校园南面一里许，即是小峪河。小峪河是著名的"长安八水"之一潏河的一条支流。河水丰沛，河面较宽，一年四季，清水长流不断。河中多白石，多沙滩，有鱼虾蟹鳖生焉。河岸上有密密麻麻的树林，树林中尤以河柳为多。河柳是水边生灌木，喜水易长，生命力极强。家乡人称其为毛柳。

"浪花有意千里雪，桃花无言一队春。"春天，河柳仿佛一位报春的使者，东风稍一吹拂即吐絮发芽，不几日，就着上了绿装，此后，别的树木才渐次发芽、吐叶。不久，草长莺飞，春深似海，河流就像一条绿色的长廊，蜿蜒而去。鸟鸣兽奔，绿荫如幔，小峪河便显出一派的生机。苦夏时节，蝉噪林荫，三两个人坐在河柳下，将双足伸入水中，听河水汩汩如乐，观鱼虾游于石间，随意而谈，也不失为一件惬意的事。至若秋冬，河柳茎红叶黄，一簇簇临河而立，有秋风起，有乱雪下，或如霞如锦，或银装素裹，绰约若处子，庄严若道人，情景着实可爱。这样，一条清泠的小峪河，就成了师生们闲暇时的乐园。

我对小峪河来讲可以说是常客。小峪河由东向西而流，我们的学校和村庄处在同一条线上，故而我们几个男生上学放学总爱舍了大路，走河滩小路，一则图僻静，可以利用这段时间背背书，二则亦可看看野景，玩乐一番。

我在小峪河边上遇到张文斌先生是在一个夏日午后的傍晚。其时，西边彩霞如锦，染红了一河的流水，也染红了河滩的林木和远处的稻田。我和两位要好的同学边在林间的小路上走，边默默地背着书，猛然一抬头，便看到了迎面走来的张先生。张先生下身着一条浅灰色的裤子，上身着一件洗得发黄的白色老头衫，手里拿着一把蒲扇，花白着头发，正悠然地走着，看上去慈祥极了。

张先生是我的语文老师，虽则已上了一学年课，但他带着高一四个班的语文课，面对的学生太多，故而，我们虽认识他，他未必能认识我们。

"张老师好！"在离张先生还有二三丈远时，我们站住，侧立在路边，毕恭毕敬地向他问好。

"啊！是你们！也在散步呀？"

我们慌忙回答。

"其实，饭后走走很好，劳逸结合嘛！"他继续说，并向我们投来慈爱的目光。

我们有些局促地点着头，并把手中拿的书往身后藏。见此，他饶有兴趣地问我们看的什么书。当得知是语文书后，他并未显出高兴的样子，而是告诫我们要读点闲书，譬如小说、散文之类，只有博读博识，才能学好语文。他还向我们推荐了柳青、王汶石、茹志鹃等人的作品。语毕，他便轻轻地从我们身边走过，继续往小径深处走去。我们几个已是窘得出了一身的汗。

这次邂逅以后，张先生认识了我们。我们也常常借口请教一些问题，前往他的办公室。张先生的办公室兼着宿舍，就一间房子。房前的窗下有一大丛竹子，那竹子一年四季总绿绿的，摇曳生风，很有一番景致。室内陈设简单，一桌一椅一床一架书，此外，别无长物。倒是房子的东墙上，挂着一幅秋日河柳图，令我们大感意外。问了问，是先生画的，我们诧异极了，方知先生还会作画。

先生很和气，我们每次来，他必要给我们倒水，问我们一些学习上的事，并勉励我们要勤奋上进。那时，由于家境贫寒，我们写字用的本子往往不够用。张先生就将他用过的教案本送给我们，我们拿回去，可以在背面做数学题、物理题，当作演草本用。至今忆之，我心里还时常涌过一股暖流。

1981年的国庆节，学校搞了一次征文比赛，我的参赛作文《燕子归来时》获得了特别奖。张文斌先生得悉评奖结果后很兴奋，一日下午放学后，他专门约我到小峪河边走了走。那日的情形，我至今历历在目。那天大约是在七点吧，夕阳衔山欲坠，大地上流光溢彩。一丘丘的稻田金黄，玉米红缨变黑，谷子穗儿弯垂，大豆更是饱胀得似乎要破荚而出。我们在寂静的路上走，望着渐次变黄的棵棵杨树，听凭蚂蚱在脚下乱飞，不觉间就来到了小峪河边。在一块干净的沙滩上，我们面河而坐。接着便很随意地谈了起来，我们谈到了我的学习，谈到了我的作文，当然，也谈到了他的一些事。我这才知道，他是新中国成立前西安的老报人，新中国成立后当了老师，因1957年的一些言论，被打成了右派，并遭受了多年的牢狱之灾。妻子离他而去，只有两个孩子和他相依为命。现在孩子已经长大成人，在老家少陵原上生活着。我这个小小少年，心里才蓦然明白，看似刚强、乐观的张先生，原来也是受了很大的苦的。那天究竟谈了多长时间，至今已记得不大清楚。只记得到了最后，先生只是长久地望着附近的一丛河柳，默然不语，眼中似乎有泪花闪动。

河边晤谈后，我和先生的心似两条溪流，一下子汇到了一起。我对他的感情更深了，来往也更密切了。学习之暇，我常到先生的办公室去坐，一则听听他的教诲，二来亦可帮他干点事。譬如，帮他到井台打打水，扫扫地，往教室里送送已批阅过的作业本，等等。先生也不把我当外人，常常留我在他的房中吃饭。师生相处融融，如春风夜雨，让人惬意。

大约是1982年的盛夏时节吧，一夕，张先生牙忽作痛，这本是老毛病，先生起初并没有当回事。但不意，这次的牙痛却来势凶猛，一夜间，先生的半边脸肿得老高。不惟吃饭困难，就连说话也极其艰难，不得已，他只得告了病假，看病休息。可也古怪，他就诊了几家大医院，一周时间过去，就是不见好转。许多学生也忧心忡忡，替他着急。一次，我无意间在饭桌上说起此事，被祖父听到了。他告诉了我一个土方：用鳝鱼血、绒线花、白糖和水煮，待水凉后饮服，能败火去毒，可疗牙痛之疾。我听后，欣喜若狂，急忙放下碗，拿上手电，带上鱼篓，披着月色，奔上了光溜溜的田塍。我揿亮手电，小心翼翼地在稻田边寻找，捕捉夜间出来觅食的鳝鱼。四周很静，只有青蛙在鸣，只有流萤在飞。稻田散发出的泥土气，直冲我的脑际，令人眩晕。这些，我全不顾，一门心思把目光投在水田中。稻田中的鳝鱼很多，不到两个小时，我就捉了十多条。一时间，鱼篓中就有了不断的响动。这响动让我听了，心里有一种说不出的高兴。之后，我又提上鱼篓，借着月色，奔到村小学的操场里，这里有一棵很大的绒线花树，此时，正开着许多好看的粉红色的花。我在地上捡了许多干枯的绒线花，用预先准备好的报纸包了，方才心满意足地回了家。第二天一大早，我即赶到学校，把这些交给了张先生，并帮他煎药。没承想，这个土方竟有奇效，仅仅过了一天一夜，先生便痊愈了。很快，课堂上便又响起了先生爽朗的笑声。我的心中，也如暑热天气遇凉风，舒坦极了。

　　一转眼，我便高中毕业，到西安上大学了。之后，是参加工作、娶妻生子。其间，二十多年的岁月，再未见过张先生。依稀间，只听昔日留在乡间的同学讲，先生退休了，回到了老家。我曾动身找过他一次，没有找到。再以后，便听到了先生谢世的消息。又逢春天，少陵原上，先生的坟头上已该芳草萋萋了吧？

　　小峪河清水长流，河柳笼烟，常常入我梦中，一如先生微笑的面容……

书铺张先生

听二爷讲，民国时，我们村上曾有四家私塾，这四家私塾又以何姓财主家办的为最大。我们村子处于樊川的中部，当时是方圆七村八寨中最大的村庄，有住家户六七百，人口三千余人。其中以高姓为主，高姓是这个村的原住民，何财主老家在汉中，其父曾在冯玉祥将军手下做过团长，蒋、冯、阎大战时，因厌战而率一二侍从逃离军旅。逃亡后怕军队派人捉拿，不敢回家，只好落脚到长安樊川。

何团长死后，他的儿子何善人当家。何善人早无其父的剽悍，却以伪善、工于心计闻名乡里。不知出于什么目的，他也效仿村中别的财主办了一家私塾。这家私塾除供自家子弟入读外，还收授乡人的子弟，不过要交纳束金。据在此上过学的二爷讲，束金每人一年一石二斗稻谷。何家私塾和别家私塾的不同处是它还开了一个书铺，书铺不大，也就一间半厦房的样子。书铺也无甚好书，无非是《三字经》《百家姓》《幼学琼林》《孝经》《颜氏家训》《唐诗三百首》之类的普及读物。此外，就是国民政府发行的一些课本。书铺的管理者是私塾张先生。张先生是师范学校毕业的，毕业后找不到工作，后经熟人推荐，到这家私塾来执教。

张先生时年二十一岁。

张先生生就一副高挑个儿，面白无须，穿一袭青布长袍，看上去颇像一位落魄的书生。张先生生性木讷，不善言辞，除教学读书外，很少与人来往。听二爷讲，张先生有两大嗜好，一是读书，二是留指甲。张先生不大的卧室，永远是书的世界，桌、椅、凳、床、被，凡是能放书的地方都无一例外地放着书，而且，书大多是摊开着的。张先生受雇于何家，教书，读书，自得其乐。日子如水样的平淡，不觉间几年就过去了。张先生所教学生有几个后来做了大官，他所办的书铺也名噪方圆乡里，就连南山中的富家子弟也常到此来购书。

后来，何善人因勾结土匪害死过一个革命人士被政府镇压，财产全被没收，分给村人。书铺被封。张先生孑然一身落户村里，日子过得恓惶。

再后来，村村建文化站。我们村上便又有了一个图书室。张先生因为过去管理过书铺，便被村上抽调来管理图书室。其时，张先生已是五十开外的人了，两鬓间已有了些许白发，但仍是孤身一人。

我那时已是十二三岁的少年，因学校整日停课"闹革命"，便和邻居的喜子、二柱经常逃学。我们下河游泳捉鱼，上树捅窝掏鸟，无拘无束，日子过得像神仙一般。我那时特别爱读书，尤其爱看打仗类的书。为了能弄到书，我曾走村串寨，四处向亲朋告借。我还和几个小伙伴利用暑假，下河滩挖药材，晒干，拿到药材收购站去卖，积攒下钱，到镇上的新华书店去买书。有一次，为在一处树木茂盛的阴湿的河岸边采摘鱼腥草，我还被蛇咬过一次。幸亏那是菜花蛇，无毒，不然，还不知会弄出什么样的后果。尽管如此，我能弄到、看到的书还是少得可怜。没奈何，我便去队上的菜园子找二爷，希望他给张先生说一下，能借给我一些书看。毕竟他们曾经师生一场，尽管二爷实际上比张先生还大好几岁。

我和二爷是在一个夏日的傍晚走进张先生家里的。整个院中，除了榆树上的蝉在嘶鸣外，再无一丝声息，安静极了。见我们来访，他立起让座，并问有何事。二爷说明来意，他长久地盯着我看了半天，说："这年月，能四处找书读的人已经不多了！"言毕，便和二爷喝茶，拉呱一些桑麻之类的谈话。

从此，我便常到村中图书室借书。但那里也没有多少好书，不到三个月，也便看得差不多了。这样，我又陷入了无书可看的境地。于是，秋末的一天，我便怯生生地推开了张先生的家门。因为有过两三个月的交往，我便直截了当地说了想找些书看的事。他起初说没有，但经不住我再三恳求，他最终还是走进卧室，从一个加了锁的箱子中取出三本书交给我，并郑重地对我说："这是一套《水浒传》，送给你，千万莫给别人看，也莫说是我送给你的。"我诺诺连声，抱书而归。其时，"评《水浒》、批宋江"运动开展得如火如荼，我不明白张先生送我这些书的用意，只是回家后找了个没人的地方躲起来，如饥似渴地读。书中的英雄好汉深深地吸引了我。读着读着，我有时甚至幻想自己就是书中的某一个英雄豪杰。

人在家中坐，祸从天上来。忽然村中一造反派揭发张先生，说他以前曾和何善人密谋迫害过革命人士。于是张先生恬静的生活被打破，他被人从图书室清理出来，被剃"阴阳头"，被批斗……张先生受辱不过，便在一个无月的晚上吊死在院中老榆树上。

张先生终生未娶，那座昔日恬静诗意的小院便成了空宅。夜夜秋风，一架架扁豆、一盆盆兰花，在风中瑟缩、哭泣。

枋匠耿娃

    枋匠就是做棺材的人，我们那一带人把干这号营生的称作割枋的，或枋匠。枋匠很多，几乎大一点的村庄都有那么一两位。我们村就有两位，一位叫关瞎子，一位是耿娃。关瞎子并不是瞎子，只是视力不好，有点雀蒙眼，好在割枋不需要像雕刻似的精雕细刻，因此关瞎子给人割枋时，刨得不光不平，主人家也马马虎虎让他过关。凭了村人的那点善心，关瞎子勉强还能揽得下活儿。耿娃眼下大约有五十开外了吧，他长得人高马大，身板硬朗，又有力气，做活时抡起锛子能呼呼生风。耿娃年轻时家里穷，他家是外来户，是从山东逃荒到此安的家。为了防身，为了不遭受旁人的欺负，他拜了一位姓程的拳师学了三年的武艺。拳脚倒没练出几路，却练就了一副好身坯，也练出了一股牛力气，百斤重的石锁，他一只手能连续举五六十下；四百斤重的碌碡，他两手一抱，就能使其离地，人称之为"耿大力"。耿娃力大胆也大，十八岁那年地方闹土匪，当地募集乡勇购买土枪、火铳抗击，耿娃第一个报了名。当年腊月，土匪又来犯，几村乡勇联合起来围剿，结果，土匪大败，死的死伤的伤，只有少数逃到南山的嘉午台上。耿娃打仗很勇敢，一个人将一土匪撵入村外的瓦窑打杀，又把土匪身上的银圆搜了个精光，发了一笔不小的洋财。他拿这些银钱做本，购买锛、刨、锯、墨斗等一应家什，拜了一位枋匠师傅学割枋。三年学成出师，便自己扯旗放炮做起枋匠来。

割枋虽然是粗笨活儿，但也有一定的技巧，并非蛮干胡来就能行。耿娃不懂这一点，结果栽了一个大跟头。耿娃做枋匠后承揽的第一桩活儿是给二爷割枋。二爷是教书先生，做枋那一年还没有作古，但也已是古稀高龄了。我们那一带乡俗，人活着的时候就要做枋，图的是看了后心里安生。但二爷都七十多岁了，为何才割枋呢？莫不是家里穷割不起？不是的，他是觉得人活得旺精精的，家里放着一副割好的枋看了太扎眼，也不吉利。因此独生儿子几次想请人给他割枋，他都挡住了。直到最近，他感到体力不支，有点大限将至的味道时，才催着儿子给他割枋。请谁呢？请耿娃。

耿娃来了，他把一切安排停当，便手脚不停地干起来，又是解板，又是锛刨，四五天后枋做成。上枋底那一天，二爷嫁出去的四个闺女都赶到娘家祝贺，这和盖房上梁一样，是大事，马虎不得，结果放炮披红，宴请亲邻，热闹了一番。枋做成不几日，二爷果然撒手归西。吊孝入殓，钉棺时却出事了——枋盖和枋帮之间有一条两寸宽的缝子，这是大忌。按乡俗，既已入殓钉棺，死者便被严实实地隔离在另一个世界，而耿娃做的枋却有一条缝子，死者的灵魂可以自由出入，这岂不是放鬼出棺、祸害家人么？这可怎么办？枋既开不得，盖又合不拢，难煞了办丧家人。最后，还是一老人出了个点子，用桃木（桃木避邪）做成条子，嵌入枋缝里，才算勉强把人抬埋了。耿娃被骂了个狗血淋头不说，一分工钱也没得到，从此，还倒了牌子。

出了这档子事，耿娃颜面扫地，他只好告别妻子儿女，到外地谋生去了。一晃八年过去，耿娃重返故里，这时，他已是一个手艺精湛的枋匠了。他回村后的第一件事就是给自己打了副枋，这枋做得精、细、巧，又不失庄重，连旮旯拐角都整治得极周到。村里的人来了一拨又一拨，摸摸枋盖，弹弹枋档，看看枋帮，嗅嗅松木散发出的清香，个个啧啧称奇。于是，人们似乎忘了二爷那档事，又有人开始请耿娃割枋，但他却客气地谢绝了，他说他不会割枋，来人死缠活磨了半晌，见他不肯答应，也便死了心，只好另请枋匠。耿娃呢，忙了到地里做做农活，闲下时就抱着一杆水烟袋，呼噜噜地吸烟。夕阳西下，他独坐院中，默默的，让烟把自己包围。

耿娃的儿子大柱就像河边的白杨树，尽管缺肥少料却应了天时、合了节令，不觉间已是半墙高的小伙子了。有一天晚上，耿娃让老婆炒了四个菜，温了壶烧酒，破例喊了大柱。父子二人在炕上，就着小桌上的菜，喝起了酒。酒过三巡，耿娃突然问大柱："今年多大了？"大柱愣了一下，回答道："十七！"耿娃再没言声，又喝起酒来。第二天，大柱就和父亲学起了割枋。大柱一学就是五年，到他二十二岁生日这天，耿娃对大柱说："给你自己割副枋！"大柱惊异道："做那干啥？"耿娃吼道："让你割你就割，莫多问！"大柱哑声，便开始刨刨锛锛地给自己做了副枋。耿娃像相媳妇那样，把枋看了又看，瞧了又瞧，说："可以接活了！"于是，儿子大柱就开始接活了，因为手艺好，大柱的生意很红火，方圆几十里的村寨都慕名请他割枋。

又是无数的岁月。耿娃已经老了，老得连铜质水烟袋都快举不动了。大柱娶妻生子，而且，儿子也已长成能扛动一麻袋粮食的棒小伙子。大柱开了个枋铺，割枋卖枋，门面不大，但生意兴隆。耿娃除了抽烟，每天都要到铺里转转，不为别的，为的是嗅嗅那股幽香的刨花气味。耿娃最后一次跨进枋铺便再也没能出来，他死在了那里。村里很多人都来吊孝，他们说这是一个好人。耿娃一辈子只割过两副枋，一副是给二爷的，一副是给自己的，但人们却说他是方圆数十里最好的枋匠。

　　枋匠耿娃就这样去了。他的儿子大柱不会吸烟，他那把摩擦得锃光瓦亮的铜质水烟袋，怕早已落满灰尘了吧？

有些时光

　　像花儿要在春天开放一样，有些时光常常在我的记忆中闪现。有时在白天，有时在夜里，不过，大多是在我闲暇的时候。这些远去的时光便像清浅的流水一样，遥遥地从山中而来，流过田间，流过草地，流过树林，绕过阳光下泛着白光的石头，在鸟儿的歌吟声中，潺潺地流进我的心田，让我疲累的心得到一丝回味与休息。比如，在这个春夜里，我在家中一边用热水泡着脚，一边喝着茶，便想起了我上小学时的一些旧事。

　　我出生在二十世纪六十年代，上小学时恰逢"文化大革命"时期。我的故乡在终南山下的樊川腹地，村庄距山只有十多里地。天晴时，山上的景物历历可见；就是天阴，终南山也像一头巨大的怪兽，或者一道黑色屏障，蹲踞在我们的视线里。

　　终南山自古就很出名，《诗经》中"终南何有？有条有梅"和唐诗中"终南阴岭秀，积雪浮云端"里所提到的"终南"，就是指的终南山。还有"终南捷径"这一成语，也是因此山而得。终南山还被称为月亮山，意思是有神仙居住的山。不过，这是佛教中的说法，我们家乡人并不这么叫，他们凡事崇尚淳朴、简单，称面前的山为南山。有山便有沟壑，有沟壑便有河流，故而，樊川广袤的大地上，河流密布，仅我们村庄的南面和北面就有两条较大的河流过。村南的河叫小峪河，村北的河叫大峪河。

　　北方的河多为季节河，这两条河也不例外，春夏秋三季属丰水期，冬季则属枯水期。枯水期时，河水便成瘦瘦的一缕，在石下流，在沙上流；河床上则是一河滩的白石。丰水期，尤其是夏秋两季，南山上下了暴雨或连阴雨，河水便会暴涨，直至毁堤毁岸，冲毁农田，有时甚至冲毁住在河岸附近的人家的房屋。幼年时，我曾不止一次站在岸边，看村人在腰间系了绳子，跳入浑浊的呼啸而下的洪水中，用挠钩打捞上游冲下来的树木、牲畜、桌椅碗柜等物什。望着那泛着泡沫、打着漩儿的洪水，我直头晕。尽管站得远远的，我还是真切地听到了石头在河床里轰隆隆跑的声音，感觉到了大地在微微颤动。有一年夏季发大水，竟然从小峪河的上游冲下来了一个四十多岁的女人，等捞浮财的村人将其打捞上来时，那女人已经死了。村人向公安机关报了案，但过了多日，也未能查出死去的女人是何方人氏。无奈，按照古老的乡俗，死到谁家的地畔就由谁家抬埋。当时的大队革委会便让第六生产队把人给埋了。那女人是从桥下的深潭中被捞上来的，埋在河岸北面的地头。那时我已十二三岁，往年夏季到来时，常常和小伙伴到桥下的深潭中戏水，自打从潭中捞上那女人后，很长一段时间，我们再不敢到桥下的深潭中玩水。不过，现今家乡的孩子已大多不知道这档子事，去年夏天回乡下看望父母，闲来无事，我到小峪河滩溜达，便见到如我昔年一样的小男孩，脱得光溜溜的，一个个晒得像泥鳅，正快乐地在桥下的水潭中打闹戏水。望着他们天真无邪的样子，我感慨万千，真想让时光倒流，也加入他们的队伍中去。

　　那个年月上课、学文化并不重要，讲究的是学工、学农、学军，几乎所有的学校都有劳动课，农村学校尤甚。我们学校别出心裁，搞起了勤工俭学。校方很快便看上了小峪河滩的石头和滩地。学校一位姓程的老师（村里人叫他程事务）受校长委派，多次到西安联系，终于和一家建筑工地搭上了线，双方达成协议，他们出钱，由我们学校给他们供应石子。于是，除了冬季和寒暑假，从一年级到五年级，直至初中三年级，天天都有学生到河滩上捡石子、砸石子（时隔三十多年，我至今还记得，那时所捡、所砸的石子标准为二四石和三七石，还有一种叫米子石，状如小拇指指甲盖大小）。校方给每个班级都下有任务，根据年级高低，每个班级都承担着从几十方到上百方不等的任务。劳动课有时在上午，有时在下午。因为不用上课，完成了规定的筐数，还可以在河滩上玩，譬如捉鱼、逮螃蟹、游泳、掏鸟窝、拔石子花等，学生似乎都很高兴。那时，学校每年期中和期末，除了评选三好学生外，还评选劳动积极分子，两者都进行表彰。而后者，往往是一些身强力壮、平日调皮捣蛋不好好学习的男生所当选。不过，也有例外，我们班一位叫杨莉莉的女生也多次当选过劳动积极分子。杨莉莉那时扎两根小辫，人很精神，我至今还记得她那双清澈的如幼鹿般的眼睛。

除捡、砸石子之外，高年级的学生还在老师的带领下垒河堤，并在河滩上垫上土，建成一块块试验田。试验田里冬种小麦，夏种玉米。有了这两样庄稼，便要施肥，便要灌溉。好在学校有四个厕所，有的是屎尿等上好的肥料。于是，在漫长的冬季里，便常常能看见学生两个人一组，用扁担或棍抬着屎尿桶，从学校步行三里多路，一溜带串地把屎尿送到试验田里。这些屎尿肥劲大，直接上到麦田里怕把麦子烧死，学生就要到小峪河里用盆端来水，将其稀释了，然后，一瓢一瓢地泼洒到麦田里。我和杨莉莉就曾在某几个冬天作为一组，执行过这一任务。麦子收割后，试验田里便又种上了玉米，眼看着玉米破土、发芽、起身，我们很高兴。但接着麻烦来了，因为是河滩地，盛不住水，玉米便出现旱象，在夏日毒辣辣的阳光下，眼见着玉米叶儿卷起来了，直至拧成了麻花状。师生们都很着急，便停了课，三天两头地组织抗旱。终于，旱情解除了，玉米到秋天时在金风中结出了浑实的棒子，师生们都长长地舒了一口气，心里甭提有多高兴。当然，最高兴的还是老师，不管是麦子还是玉米，这些最终都分给了他们，成了他们和他们家里人的口中餐。这对他们各自的家都可算一笔不小的补贴。因为，在那个全民皆贫、物资极度匮乏的年月里，这可以说是一笔不菲的收入。听说，老师们每年分这些粮食时，都是夜间偷着分的。也着实难为了他们，谁让他们当时是"臭老九"呢？

可惜，我那个爱劳动的、眼神如鹿的同学杨莉莉，多年前已经离开人世了。听说，她后来在离家乡不远的一个小村庄当了一名代课老师，一天夜里，她独自值班，可能是得了急性病吧，死在了自己办公兼休息的房间里。如今，就连她曾经代课的那个小学也被撤销了，并到了乡中心小学。前几天我回家乡，路过那所学校门前时，看见连教室的门窗都被人拆去了。我当时的心好像被谁用钢针使劲扎了一下，那个痛呀，一直都痛到骨头里去了。

唉！人的命运就像我手头的这支笔，在时光这张大纸的消磨下，写着写着，不知道什么时候就没墨水了。

豆 四 种

扁 豆

很喜欢郑板桥的一副对联："一庭春雨瓢儿菜，满架秋风扁豆花。"瓢儿菜我不知道是一种什么样的菜，但扁豆和扁豆花，我从小到大没有少见。这是一种在关中农村很常见的豆类植物。仲夏，尤其是秋日，在菜地里，在人家的院落里，都可见到生长得很旺盛的扁豆，豆叶墨绿，蔓儿缘了树或豆架、篱笆，往上疯蹿。那花儿也开开谢谢的，白的紫的，一串一串的，能从夏末一直开到晚秋。自然，花间也少不了蝴蝶和蜜蜂的身影。但在我的印象里，似乎葫芦蜂来得最多。它是喜欢花儿的繁盛呢，还是喜欢豆荚的清香？我说不清楚。而扁豆就生长在花串的下部。花落了，结豆荚了。白豆荚、紫豆荚，起初很小，慢慢变大，若蛾眉，若弯月，让人喜欢。花是开开谢谢的，豆荚也就有大有小。最常见的情景是，一串花藤上，既有豆荚，又有花。豆荚也是大小不一的，花串的最下部，豆荚最大；越接近花儿的地方，豆荚愈小。家乡人形象地称之为"爷爷、孙子、老弟兄"。扁豆是可食的。摘下清炒，或者用水煮熟了凉拌，清脆可口，用以佐酒或下饭，皆妙。做扁豆面尤妙。将嫩扁豆摘下，洗净，直接下到面锅里，煮熟后，面白豆绿，很是可爱。再给面里调上好醋好辣椒，撮上一点生姜末、葱花，年轻时，我能一连吃上三大碗。

我爷爷在世时，特别爱种扁豆和南瓜，原因是这两种植物都能缘墙缘架而生，易活，省地。记忆里，爷爷每年都要在后院里种这两样东西。南瓜沿墙攀缘，牵牵连连，翻过墙头，有时都长到了邻家。而扁豆则缘了后院里的两棵香椿树，一路攀爬，藤蔓达三四米高。整个夏秋时日，两棵香椿树被扁豆藤所缠绕，也就成了豆叶婆娑的树，成了扁豆花烂漫的树。可惜的是，自从爷爷下世后，我家的后院里，便再也没有了扁豆的影子。

扁豆花也是花鸟画家爱画的题材。我想，这除了扁豆花形态好、宜于入画外，还和它普通、常见有关。向画家讨一张扁豆花画，挂在家里，枝叶摇曳，花团簇拥，蜂飞蝶舞，不但看起来热闹、喜庆，也显出些许清幽。画上的植物自己认识，别人看了也认识，这有多亲切。谁愿给家里挂一幅自己不认识的画呢？

秋风又起，家乡地头的菜地里，扁豆花该开得正繁盛吧？我想念母亲做的扁豆面了。

豌　豆

春三月，麦苗起身，蓬勃生长。豌豆也随了麦苗，开始跑藤扯蔓。嫩闪闪的蔓儿上，还只是一些肥硕、鲜嫩的叶儿，掐一把带露的豌豆尖儿下入面锅，便是庄户人家难得的美味了。不久，豌豆陆续开花，白的，红的，春风吹过，万花攒动，如无数彩蝶在麦田里舞动；又如万千小虾，在绿波中跳动。豌豆结荚了，碧绿的豆荚若美玉雕成，挂在叶蔓上，格外好看。嫩豌豆角是可食的，吃起来有一点淡淡的甜味。豌豆结豆荚时，也是乡间孩子最快乐的时光之一，他们三三两两潜入麦田，大肆偷摘豆荚，每个人的口袋里都是鼓鼓囊囊的。豌豆继续生长，豆荚变白变老，孩子们依旧偷，他们将偷来的豆荚用针线穿起来，放进锅里，用盐水煮熟剥食，吃起来有一种别样的风味。麦黄了，豌豆藤枯了，它们和成熟的麦子一同被割下，运到打麦场，最终变成豌豆麦，被储存进粮仓。

　　清人吴其浚著《植物名实图考》云："豌豆，本草不具，即诗人亦无咏者。细蔓俪纯，新粒含蜜。菜之美者。"其实，岂止是诗人无所咏者，就是画家，也很少画这种植物。倒是关中农村多以豌豆花为题材，用彩纸剪成窗花。下雪天，坐在贴了窗花的窗前，窗明花艳，炕暖茶热，倚窗闲读，实为一件乐事。

　　豌豆可制成多种食物，如豌豆粉、豌豆糊糊、炒豌豆等，但最常见的吃法还是豌豆面。将豌豆和麦混磨成豌豆面，再做成面条，吃起来不但筋道，而且还兼具麦香和豌豆香。豌豆面过去是关中农村最常见的面食之一，但现在已很少能吃到了。究其原因，主要是豌豆产量低，且种起来易受孩子糟践。过去，村上种豌豆，都要派人看护。现在分地到户，谁受得了那份麻烦。

　　夏日麦收过后，适逢透雨，天晴，于刚收获过的豌豆地里，可捡拾到许多胀豌豆。这些豌豆多为豌豆中的上品，颗粒饱满，它们是在五月的热风骄阳下，因豆荚突然炸裂而遗落田间的。这些豌豆经雨水浸泡，豆身比原来大了一两倍，颗颗如珍珠，白亮可爱。将捡拾到的胀豌豆用清水淘净，用油和淡盐水炒过，吃起来有一种无法言说的清香。小时候，我没少吃炒豌豆。我至今还能记得夏日雨过天晴后，我们光着脚丫，在金黄的麦茬地里捡豌豆时的情景，也还能记得挂在南山顶上的那一道彩虹。可惜的是，自从我三十多年前进城后，便再没有吃到过这种难得的妙物了。

绿　豆

在豆类植物中，绿豆的分量怕是最重的。灌一麻袋小麦、稻谷，只要是在农村长大的小伙子，往下一蹲，弯弯腰，"嗨——"的一声，一麻袋粮食就上了肩。但如果麻袋里装的是绿豆，那就另当别论了，一般的小伙子根本扛不上肩。除非是大力士，要么，就别想。绿豆是夏收后种，秋日里收，生长期很短，也就俩月。种时，不需要点种，都是由庄稼把式满地里挥撒，或者顺了苞谷垄溜，待苗儿出齐后再间苗，种植起来很简单，不费事。要紧的是，在豆苗出来后不久，要防止兔子糟害。兔子是最爱吃豆叶的。因此，种绿豆的时节一定要把握好，既不能种早，也不能种晚。早种和晚种，因其他豆类植物还没有广泛出苗或已出苗，兔子专吃这一片地，极易把此片地上的豆苗吃得稀疏，从而影响产量。

绿豆性温良，解毒，暑月里，以之为汤，或者和大米、小米同煮，熬而为粥，是消暑的妙品。当然，端午节，以之为绿豆糕，就更不用说了。绿豆最广泛的用途，莫过于生豆芽菜和做粉条了。小时候，我们生产队的粉坊里制作粉条时，除了土豆粉和红薯粉外，大量用的就是绿豆粉了。有一年，我们队上种植的十亩绿豆地突然变作他用，时当绿豆成熟时节，也许是生产队队长想要照顾本队的社员吧，他说，这片地上的绿豆就不要了，大家去给自家采摘吧。于是乎，也就是一天的工夫，那片绿豆地里的绿豆，便被采摘殆尽。我们家也摘了不少，那一年，母亲用这些采摘回来的绿豆，来来回回地生了许多豆芽菜。我们家一直吃到了来年的开春，才把这些豆芽菜吃完。

大　豆

大豆古曰菽，汉代以后才改称为豆。其叶曰藿，其茎曰萁，有黄白黑褐青数种，花亦有红白数色。褐色的大豆我没有见过，黄白黑青这几种大豆，打小我可是常见。我自小生活在关中农村秦岭脚下，我们那里是川地，水田旱田都有，麦收过后，大豆便被广泛种植。不同的是，黄色、白色的大豆要么被成片种植，要么随了苞谷、谷子间种，它们都种植在旱田里。至于水田边，则大多种植的是黑色、青色的大豆。这两种豆子吃起来也比黄色、白色的大豆更有水分。和绿豆叶一样，大豆叶也是野兔的爱物，它们最爱吃大豆的嫩叶。小时候在乡下，我曾多次看见稻田垄上种植的大豆的豆叶，被野兔成垄吃掉。每每此时，大人们都会对兔子恨得咬牙，但也是无可奈何。兔子腿快，谁又能抓住它们呢？气归气，气过后还得补种。

盛夏，漫步乡野，漫步大豆田边，微风吹动，万叶浮动，让人顿然想起"碧波荡漾"一词，不由心中一爽。读古书得知，豆叶在古代是可食的，"野人羹藿以食之"，但我想，这种羹，定然是不好喝的，因为豆叶太粗涩。写"种豆南山下，草盛豆苗稀"的陶渊明，我想是不会吃豆叶羹的，他所吃的，大概也是豆子或豆制品。

大豆不是主食，它只能作为一种副食。大豆有多种吃法，磨豆腐、豆浆，生豆芽菜，是最常见的吃法。相传，明宣德年间，朝廷为选贤良方正，考举人时特出题《豆芽菜赋》，结果，好多应试者都交了白卷，唯有陈嶷以一篇赋高中第一。其赋曰："有彼物兮，冰肌玉质，子不入于淤泥，根不资于扶植。金芽寸长，珠蕤双粒；非绿非青，不丹不赤；白龙之须，春蚕之蛰。"以豆芽菜流传千古，陈嶷是第一人。

家乡人又叫青色大豆青豆。小时候，我最爱吃母亲做的青豆水饭。

其做法为，给锅里添入大半锅水，将淘洗干净的大米和青豆下锅，待水滚后，再倾入剁碎的时蔬，这些时蔬有时是菠菜、青菜、白菜，有时则是野生的荠荠菜、水芹菜、枸杞芽，反正是有什么下什么。再下入红白萝卜条和用苞谷掺杂糅野菜制成的调和丸子，放入适量的盐，水饭便做成了。这样的水饭呈红白黄绿，不仅颜色好看，而且汤汤水水，没有油性，吃起来爽口，耐饿耐渴。每次吃青豆水饭，我都能吃两大碗。

现在家乡人已不大种青豆，除了产量低外，一个重要的原因是乡人的过度挖沙采石，致使河床下降，水田被"吊"起来，变成了旱田。水田减少了，自然，种植青豆的田垄也就少了。我已经有很长时间没有吃到青豆水饭了，哪天有空，我一定得回趟家，看看母亲，再吃一顿母亲做的青豆水饭。

秋　荠

　　平生食荠菜多矣，但如以所食荠菜之鲜美而论，当以少时在长安乡下所食为最。而所食荠菜，又以秋荠为美，春荠则次之。

　　春三月，麦苗返青，大地一片绿意。此时，蛰伏了一个冬天的荠菜种子，便悄然萌芽，并迅速钻出地面，嫩绿的羽状的叶子，在春风里招摇。几场透雨过后，荠菜已变得肥大，它们隐匿在麦苗下，或者荒滩的青草边，叶片上滚动着露珠，似在相互嘀咕着："来，挖我们吧！"循着春风的踪迹，孩子们奔出了村庄，奔向了旷野，像鸟儿一样散落在田间地头，去挖荠菜。不惟孩子们，村庄里的妇女们，也会三三两两地出动，去麦田里，去荒滩、空地里，挑挖荠菜。在二十世纪六七十年代，荠菜不但是一道野菜，也是庄户人家里的救荒粮。因为，在那个年代里，庄户人家的口粮，鲜有够吃的。这些被挖回来的荠菜，经剁碎，下进稀饭锅里，再放进一些青豆、红白萝卜条、盐巴，便成了很好吃的水饭。水饭稀稠刚好，既好看，又好吃，还耐饿，是庄稼人一年中难得的美味。春天里，每当荠菜下来时，一般的庄户人家，总要做上那么三五顿荠菜水饭的。这种荠菜水饭近乎今天的蔬菜粥，但好像又和蔬菜粥不同，只有长安乡下有，别的地方，我还没有见过。小时候，每逢母亲做荠菜水饭，我都能呼噜呼噜吃上两大碗。至今忆之，还觉得口有余香。将荠菜剁碎，调上调料，和玉米面掺和在一起，烙成玉米面饼，饼焦黄，趁热吃下，有鲜荠菜的清香，亦有玉米面的清香，咸淡相宜，也是很好吃的。还可以将荠菜和面，做成菜团子，蘸调好的蒜汁辣子汁吃，也别有一番风味。用荠菜包饺子吃，我们那一带不流行，也许是在半饥荒年月，麦面金贵的原因吧。这些都是春荠的吃法。荠菜也是一种季节性的蔬菜，一到暮春，荠菜便抽薹，开出碎碎的米粒状小白花。这时，荠菜已经老了，已经不堪供庖厨。麦苗起身了，也没人再打荠菜的主意。荠菜疯长，开花，结籽，完成它生命中的轮回。

秋荠生在八九月间，多在谷子地里、玉米地里，或人家的菜园里，荒滩里则很少见。我至今也未弄明白，它们是春荠的种子遗落在田间地头，而后生长出来的呢，还是隔年的种子，深埋在地下，待到秋天，才生长出来的呢？反正秋季里是有荠菜的，但似乎不及春季里多。和春荠相比，秋荠更肥硕、鲜嫩。也许是秋季雨水充足，阳光温润，气候更适于荠菜生长吧。秋日的午后，在田间劳作，或者在田间小路上行走，不经意间向谷地、玉米地里一瞥，你便会看到有嫩闪闪的荠菜，悄然地生长在谷稞、玉米稞间，秋阳下，叶片泛出一种柔和的光。若仔细观察，荠菜下，还常常趴伏着一两只蟋蟀，在那里悦耳地叫。人便禁不住地走过去，端详一会儿，然后连根拔起。荠菜根系发达，根往往扎得很深，但秋天土地松软，很容易便能把荠菜拔起。秋荠的吃法和春荠差不多。但因为刚经过了夏季，新麦下场了，做荠菜面，则别具风味。若给荠菜面里下点小米，做成荠菜米面，吃起来则更佳。少年时代，我最爱吃母亲做的荠菜面，尤其是当秋荠下来，我常常要缠着母亲做好多次。给荠菜面里放些青辣椒，我常常胃口大开，一连能吃好多碗，吃出一头的汗。可惜，自从二十多年前离开家乡后，我再也没吃过母亲做的荠菜面。而母亲现在年事已高，即使有机会回到乡下，也不忍心再让她老人家动手，给我做荠菜面吃了。看来，要吃荠菜面，唯有在梦中了。

秋日夜雨，寂坐无事，灯下闲翻《野菜谱》，知饥荒年月，荠菜惠人多矣。除可食外，荠菜还可止血。小时候，春秋时日，于田间打猪草，不小心被镰刀割破了手指，血流不止。不要紧，赶紧在地里找寻荠菜，找到了，无论老嫩，取其茎叶，放口中嚼碎后，敷于伤口上，血很快便会被止住。至今忆及，尚觉神奇。

荷

　　"江南可采莲，莲叶何田田。"这是汉代相和民歌里的两句诗。莲是南方的叫法，北方称为荷。说到荷，不惟陕西南部地区，譬如安康、汉中等地广泛种植，就是秦岭以北的关中地区，也多有种植，尤其沿秦岭北麓一带，因多峪口、多流水、多川地，种植更为普遍。明代诗人钱徽曾写过一首咏荷诗："泓然一缶水，下与坳塘接。青菰八九枝，圆荷四五叶。动摇香风至，顾盼野心惬。"想他描写的应该也是北方的荷吧。

　　对荷，我说不上多么喜爱，但碰到了，总要驻足多看两眼。原因嘛，我们家乡有荷，我打小就认识。故而见到了，总有那么一点亲切。这好比邻居，虽平日没有多少交往，因相处的时间长了，只要没有交恶，不期在外面遇到了，还是有那么一丝淡淡的喜悦在心底的。

　　我的家乡在樊川的腹地，离终南山仅有十多里之遥。终南山是秦岭的一段，山上植被好，故雨水多，加之家乡又是川地，西面北面皆原，水汊低湿地多，水田面积便广博，这在关中别的地方是不多见的。水田面积广就宜种稻植荷。在我的记忆里，我们村庄周围全是稻田、荷田，就连村名也叫稻地江村。附近村庄的人，还给我们村编了一句顺口溜，道是"进了江村街，就拿米饭憋（吃饱的意思）"。足见家乡水田面积之广。

　　插秧种稻在麦收后，但秧苗是在麦子还未成熟时便已育在秧床上了，绿莹莹的，如绿绒毯，很好看。待到麦子收割过后，腾出了地，方拔了秧苗，一撮撮插入水田里。而荷则是在暮春已被植入去冬预留好的田里的。那正是小麦扬花、柳絮飘飞的时节，放眼原野，白色的絮状的杨花，漫天飞舞，夕阳下，尤为好看。

植荷是一件比较麻烦的活儿，也是一件细致活儿。先得用牲口把地翻了，然后把地耙平，再隔三岔五地给田里堆上捣碎的农家肥，之后把藕种埋入粪堆中，放入水，荷田就做好了。十天半月后，你到地头去看吧，原来水平如镜的荷田里，便有如小婴儿拳头样的小叶露出水面，嫩绿嫩绿的，上面还挂着晶莹的露珠。从这时开始，荷田一天一个样，荷叶愈生愈多，一两个月后，便已是叶覆叶，层层叠叠，碧绿一片了。荷田里也开始热闹起来，水中有水葫芦、荇草，有鳝鱼、泥鳅，最多的是青蛙。它们在水里跳来游去，有时甚至跳到荷叶上，压得荷叶一忽闪一忽闪的，荷叶上的露，便若断了线的珠子，纷纷滚下，跌落水中。蜻蜓也很多，麻的、黑的、红的、绿的，或于荷田上空来回飞翔，或降落在荷叶上面。此时，水稻也已成长起来，整个稻田绿汪汪。片片稻田和片片荷田相间相连，田野如画轴，渐次打开，远山近树，美丽极了。而荷花也在这个季节静静地开了，粉红的，莹白的，花大如碗，挺立在重重荷叶中，如浴后少女，微风过后，婀娜有致，美艳得使人心痛。

夏日无聊，翻书破闷。从书中得知，古今有很多爱荷之人，李白、周敦颐不必说，今人中喜欢荷的，作家里就有席慕蓉、汪曾祺。席、汪二人都曾种过荷。席慕蓉是诗人，还是画家，她植荷除了观赏、作画外，大概还有出于女人爱美的天性吧。汪曾祺我想则更多出于情趣，出于对生活的热爱。读他写种荷的文字，让人感动，也让人觉得温暖，如何弄来大缸，给缸里倾倒进半缸淤泥，铺上肥，注入水，植入藕秋子（荷种），看它生叶、开花，历历写来，如在目前。不过，无论是席慕蓉，还是汪曾祺，他们种的荷都是观赏荷，不长藕，和我家乡的荷是不一样的。我想，花叶也一定没有我们家乡的荷生长得大，生长得碧绿茂盛吧。

　　曾见过许多荷，比如苏州拙政园的荷，湖南桃源的荷，昆明滇池的荷，但我以为总不及我们家乡的荷。长安自古帝王都，自古也是出美荷的地方。家乡清水头村的千亩荷田，花叶之盛，势接天际，让人震撼，亦让人流连。夏日到此，沐荷香荷风，可以忘忧。若带有酒，还可效古人，摘一段荷梗，掐去头尾，将其插入酒瓶，慢慢地吸，喝上一两口带有荷香气的酒，那分惬意、自在，更无以复言。

灰 灰 菜

　　春天一过，接着就是夏天了。这个季节，田野里、沟渠边，又会生长出一种野菜——灰灰菜，它为乡人所爱，亦为城里人所爱。灰灰菜为一年生植物，其叶多为黄绿色，间有紫红色者，呈三角形，边缘为锯齿状。茎干初为绿色，老则变为紫红色，甚好看。灰灰菜在我国分布很广，在绝大多数省份都可见到它的身影。

　　灰灰菜多生长在低洼、荒僻之地，初生时，嫩叶可食。乡人采其嫩叶，洗涤干净，或焯或炒，皆为下饭妙物。小时候，我没少吃这种菜。记忆里，每年夏季，我和弟妹们把灰灰菜采回家后，母亲总是将其择洗干净，焯熟后凉拌了吃。而吃法呢，也多是卷煎饼。我很少见母亲将灰灰菜清炒了吃。灰灰菜也不是不能清炒，但清炒了吃，似乎有一点淡淡的土腥味，没有焯熟后凉拌了吃清爽。野菜很怪，很多野菜似乎都有这个特点。譬如马苋菜，焯熟后调上油泼辣椒，调上葱姜蒜醋盐，再滴上香油，凉拌了吃，吃起来微酸，滑溜可口，有一种说不出的清香，但炒食之则无。苋菜也一样。和马苋菜不同的是，苋菜凉拌了吃，吃起来有些粗涩的感觉。

　　灰灰菜品种很多，其中有一种叶心紫红者，古人称之为藜。在古代的文献典籍中，"藜"与"藿"往往连用，多指粗粝的食物。起初，我不知道藜是一种什么样的野菜，后来一查字典，明白了，原来就是我们常吃的灰灰菜呀！古人硬是给它起了一个很诗意的名字。藜长着长着就长老了，它浑身紫红，结出了紫黑色的籽实，其籽实可食，干可为杖。籽实是否可吃我不知道，反正我是从未吃过的。至于干可否做拐杖，古书记载就够了，如清人袁枚就曾写过《藜杖铭》，其文曰："藜瘦如竹，竹坚如玉，老人得之添一足。"此足可以为证。然而，我还是满心疑惑，藜之干那么细，看起来又那么脆，它真的能做拐杖吗？直到有一年的秋天，我去了桐花沟，才消除了这一疑问。

　　是前年的秋天吧，我和单位同事去桐花沟扶贫。桐花沟在陕西蓝田县秦岭的北麓，属浅山地带。此沟因过去多桐树，每年初夏花开时节，满沟满岭皆为紫白色桐花而得名。但我们去时，沟岭上已少见桐树，取而代之的是柿树和野芦苇。进入桐花沟，放眼望去，沟岭上都是一疙瘩一疙瘩的柿树林，枝头挂满了通红的柿子，秋阳下，煞为好看。而沟坡边，野芦苇也是一片一片的，秋风一吹，在阳光下泛出银白色的光，让人目光迷乱。村主任把我们一行安排在一户陈姓人家住下。这家的男主人是一位山村教师，在沿山一带教了一辈子书，如今，退休了，才回到故乡来安度晚年。陈老师是个讲究人，两层楼房内外收拾得干干净净，让人看了觉得舒心。我们安然住下后，走村串户，帮村民收秋、摊场、收场、掰苞谷、割豆子，和房东同吃同住同劳动，相处得很融洽。中午，休息时间，我们还到村庄周围走走，一来瞧瞧风景，二来可以散散心。我就是在散步的时候，在房东隔壁人家的后园中，发现那棵灰灰菜的。天哪，它竟然长到三米多高，主干粗如擀面杖，通体紫红，连籽实和不多的叶片，也呈紫红色，望上去犹如一团燃烧的火。这是灰灰菜吗？咋长得那么高那么大？这样的藜足可以做拐杖的。看来，古人不欺我也。我不觉为自己先前的怀疑而赧颜。

灰灰菜还可做羹汤，昔人想必是常吃这种食物的。要不，古书中怎会有"藜藿之羹，昔贤所甘"的记载呢。我虽非贤者，但也很喜欢喝藜羹，吃灰灰菜。

丝　　瓜

　　在饭店吃饭，我总喜欢拣一道清炒丝瓜。试想，吃了半天山珍海味，忽然间餐桌上有了一盘清炒丝瓜，碧绿鲜亮，清香四溢，那情景管保会让人胃口大开，多叨上几筷子。若在三十年前，这种情景是绝不会出现的。甭说那时我无钱上饭店，就是有钱上，我肯定也不会拣这道菜，原因嘛，我不懂食丝瓜。我的故乡在长安樊川，南行十里地，就是著名的终南山。这座山自打《诗经》产生时，就已经很有名了，"终南何有？有条有梅"，指的就是此山。至于以后，这座山简直被历代的文人墨客歌咏滥了，若将他们的作品编纂成集，几大本肯定是有的。但就是这么一个地方，这里的人们却是不食丝瓜的。在我的印象里，乡人种丝瓜，主要是为了观赏和秋后那些丝瓜络。

　　记忆里，家乡人种丝瓜多种在墙边或者菜园里。春天，墙根篱落间，或者菜园里，刚好有那么一块儿空地，又恰好有那么一些丝瓜种子，便趁着下雨天种了，不久，丝瓜便破土而出，发了芽儿，扯了蔓儿，沿了篱落，爬呀爬的，爬到了墙头，爬到了瓜架顶。丝瓜叶也变得肥大起来，碧绿碧绿的，像孩子伸出的手掌，随了风，在墙头、瓜架上招摇。夏天来了，丝瓜开花了，黄色的花，一簇一簇的，如闪亮的火焰，开在碧叶间，把人的眼睛都照亮了。蜜蜂来了，蝴蝶来了，金龟子来了，还有葫芦蜂也来了。这里面顶有趣的就数葫芦蜂了。葫芦蜂身体有成人拇指蛋那么大，通体黑色，飞动起来笨笨的，它一落到丝瓜花叶上，花叶就会剧烈地颤动，我老疑心它会从花叶上掉下来。但事实上，它一次也没有滑落下来，这让我白担了半天心。丝瓜坐瓜了，起初仅一寸许的小柱儿，慢慢地，瓜儿变细变长了，瓜身上有了深绿色的条纹，顶上还结着黄色的小花。蝉声起了，变得愈来愈急，丝瓜在盛夏里疯长，腰身逐渐变粗变长，有的粗若小儿臂，长达一尺。自然，这时顶端的花已枯萎了，谢了。秋风起了，丝瓜由绿变黄，最后在秋风中干透。摘下丝瓜，用剪刀拦腰剪断，用手捏捏，抖搂净丝瓜里的籽儿，便得到了一个个丝瓜络，以之涤碗涤锅，再好不过。

吃丝瓜，应在盛夏或初秋时节，这时，丝瓜尚嫩，挑拣一拃多长的，摘下，用带棱的竹筷，或者碎瓷片，轻轻刮去丝瓜外面的嫩衣，然后上锅清炒，或者加调料、蒜蓉、粉丝清蒸，皆好吃。做汤亦妙。不过，丝瓜的老嫩需掌握好，太嫩，没有吃头；稍稍变老，不但口感不好，也没有了那个鲜劲儿。我在家乡生活的那些年月里，曾在我中学的一位同学家里吃过一次清炒丝瓜，那简直是美妙极了，时隔多年，我至今难忘。那是一年的夏末，我们那里过忙罢会，眼看第二天就要过会待客了，我同学家的菜蔬还没有准备好。那天下午，我刚好在他家，我说："现在上集已经来不及了，你明天待客的菜咋办呢？"他说："没啥大不了的，做一盘炒丝瓜，不就得了。"我听了，当时就瞪大了眼睛。我说："丝瓜还能吃呀？"他说："能呀！不信的话，我晚上给你做一盘尝尝。"当晚，他果然去家中后园摘下几条嫩丝瓜，收拾了一下，做出一道清炒丝瓜，我尝了一下，糯而软，鲜而香，好吃，我一个人就吃了一大盘。自此，我才知道，丝瓜还可做菜蔬吃。我大量吃丝瓜是在进城以后，假日随妻子到市场上买菜，才发现好多菜摊上都有丝瓜售卖，我大吃一惊：敢情城里人都爱吃丝瓜呀！菜摊上的丝瓜成色虽不及乡下的好，但也还过得去，我就怂恿妻子买回家做了吃。这一吃，就让丝瓜成了家中的日常菜，隔三岔五的，我家的餐桌上，总能见到丝瓜的影子。下饭馆时，我也常点这道菜。时间久了，家里人和朋友都知道我喜好吃丝瓜。不过，丝瓜似乎不宜和肉同炒，和肉同炒，就少了那份清淡的味儿了。

除了可食外，丝瓜还有别的用途，譬如药用等。李时珍在《本草纲目》中，就曾记录下了二十多种验方，诸如将老丝瓜烧成灰，可治风热腮肿、手足冻疮、血崩不止等。这都是古人的经验，现在，医学发达了，就连乡间，恐怕也很少有人再用这种药方了。丝瓜还可涤釜器，以之洗碗洗锅，既环保还好用。读《老学庵笔记》，见其中记载曰："丝瓜涤砚磨洗，余渍皆尽而不损砚。"古人风雅，除了吃丝瓜外，还想到了用丝瓜络清洗砚台。今人就无此风致，我见过写字画画的人多矣，从未见过，也从未听说过有谁用丝瓜络洗涤过砚台。从这一点来看，还真有点今不如昔的感觉。

杜汝能的诗《丝瓜》曰："寂寥篱户入泉声，不见山客亦自清。数日雨晴秋草长，丝瓜沿上瓦墙生。"夏日或清秋之夜，和二三好友，闲坐乡间小院丝瓜架下，一壶酒，一杯茶，山肴野蔌，杂然前陈，浅酌细品，随意闲话。当此时也，朗月在天，清风徐来，虫声四起，香气满怀，足可抵十年尘梦。

茄　子

　　盛夏时节，天气燠热，百物难以下咽，忽然就想到了茄子。晚饭时，如果有一盘酸辣可口的凉拌茄子，就着薄粥，缓缓而啜，那该是一件多么惬意的事呀。小时候在乡间，每逢夏季茄子下来时，我没少吃凉拌茄子。凉拌茄子的做法很简单，将洗净的整个茄子上锅蒸熟，剥去皮，将茄肉一绺一绺撕下，堆入盘中，加蒜泥、油泼辣子、葱花、盐醋、麻油，拌匀即可。凉拌茄子很好吃，软而糯，又有一点儿嚼头，是佐粥的妙物。下酒亦妙。傍晚时分，搬一张方桌，放在新洒过水的庭院，天空一弯朗月，下山风吹着，夜色中，或三两好友，或一人，就着茄子，把酒慢饮，想一想，都让人神往。祖父在世时，就喜欢这样一个人独饮。看着他三四两老酒下肚后怡然的样子，我羡慕得不行。

　　在乡间生活的那些年月里，我最喜欢去的地方，就是生产队的菜园子，那几乎是一个乡村孩子的乐园。我们队的菜园子在村南，园子的南面紧邻着蛟峪河，西面则是一个大桃园。菜园有五亩地大，里面种满了各种蔬菜。春天，青草泛绿，各种蔬菜也破土而出，开始只有几片稀疏的小叶片，几场春雨、几度春风后，菜园里已是葳蕤一片，生机盎然了。园中的蔬菜若用油沃过，旺盛得不得了。而百花也不失时机地开了，金黄的蒲公英，白色的荠菜花，蔚蓝的苦苣儿花，红艳艳的麦瓶花……都是一些野菜花，生长在菜蹊间，把人的眼睛都照亮了。蔬菜这时也有开花的，如油菜花、芥菜花。各种瓜类如南瓜、黄瓜、笋瓜、西葫芦、丝瓜，就不用说了；辣椒、豆角、韭菜、大葱、豇豆，等等，也多在这个季节开花。

茄子多在夏秋开花。茄子花是紫白色的，有点发蓝，开在肥大的叶间，样子很好看。茄子是陆陆续续开花的，开着落着，就有小茄子渐次生出。起初，小茄子像一个个紫色的橄榄球，挂在茄树上，掩映在硕大的叶间，但也就半个多月的工夫，茄子便长得肥硕起来，如一个个胖乎乎的娃娃，茄叶再也遮蔽不住它们了。茄子便会被人们摘下，拉到集市上卖掉。茄子多为椭圆形，也有长条形的，若小儿臂，长达半尺。至于颜色么，多为紫皮，不过，现在也有了绿皮的，这也许是品种改良的缘故吧。

茄子有多种吃法，除了凉拌茄子外，还有茄子炒豆角、红烧茄子、油炸茄子，都不赖。小时候，我在农村还吃过生拌茄子。将茄子洗净，切成细丝，加上剁碎的青辣椒、蒜末，调上适量的盐醋，用手反复地抓一抓，然后上桌开吃，味道绵软可口，喝粥下饭皆宜。多年后，读一些植物类的闲书，我才知道，茄子不宜生吃，因为其中含有龙葵碱，生吃容易中毒，会出现腹胀泻肚症状。但家乡人至今还在这么吃着，我也还在这么吃着，情况似乎也没有那么严重，也许是吃得少的原因吧。贫困年月里养成的一些习惯，今生怕是不易改掉了。茄子还可以用来蒸包子，茄子包子无论是城里人，还是乡下人，似乎都喜欢吃。我母亲善于蒸茄子包子，她老人家每次做这种吃食，我都要趁热吃上三四个。茄子除了好吃，还具有清热活血、消肿止痛、降低血压的功效，长期食用茄子，可以说好处多多。用冬天地里的茄子枝叶煮水，泡洗治疗冻疮有奇效。少年时，由于贪玩，冬天里我常和小伙伴们在旷野里疯跑，结果手脚生出冻疮，疼痛不已。母亲发现后，一边爱怜地责备着我，一边领着我，赶到生产队的菜园子，拔一捆茄子秧，煮水替我清洗，往往清洗过两三次后，我的手脚就会光鲜如初。

　　茄子又名落苏，南方称为矮瓜，来自印度，种植时间很久，据称南北朝时期已有栽培。但至少在宋代，已被广泛种植，宋人郑清之就曾写过一首有趣的咏茄诗："青紫皮肤类宰官，光圆头脑作僧看。如何缁俗偏同嗜？入口元来总一般。"说茄子圆乎乎的样子像和尚的头，这个意象很新奇，也很有意思。清代画家金农据此诗，还曾画过一幅茄子图，并把第二句诗题到画上，让人看了忍俊不禁。郑清之说茄子滋味一般，我看未必。他之所以这样说，要么是不会做，要么是不懂食茄，否则，为何僧俗都喜好吃的茄子，他偏偏要说滋味一般呢？

木　槿

　　木槿过去在我们家乡不多见，近年忽然多了起来。记忆里，似乎只在人家的院落，或者寺庙里，偶或能见到它的影子。但大多也是伶仃的一株，寂寞地生长在那里，平日少人问津。只有到了花开时节，粉红色的花儿次第开放，树边才多了人的踪迹。只有蜜蜂，嘤嘤嗡嗡地，好像一个夏天，都在木槿树身边忙活。

　　小时候，我并不认识木槿，也不知道世间还有这样一种美丽的花儿。我们那一带盛行过会，有人说是庙会，有人说是忙罢会，都讲得通。长安乡间，过去村村有庙。有些大点的村庄，村里还不止一座庙。譬如我所出生的稻地江村，昔年就有两座庙。坐落在村南学校边上的是三义庙，坐落在村北的是黑爷庙。据说黑爷是终南山里的一条乌龙，是我们村庄的守护神，村人在终南山的嘉午台上，给它建有庙宇。这两座庙在二十世纪六七十年代还存在，后来忽然成了"四旧"，给拆掉了。连嘉午台上的黑爷庙也给拆掉了。那些拆下来的木材、砖瓦，统统给生产队盖了马房。嘉午台上的黑爷庙因为位于山脊上，风大，修建时，房瓦全是铁铸的。拆毁时，也把铁瓦用褡裢装了，用羊驮下山，再用架子车运到村里，然后卖给了公社的废品收购站。因有庙，故此才有过庙会之说。不过，以我之见，说忙罢会还是来得更加亲切自然一些。农人们辛苦了一个春夏，麦子收割了，稻秧插进田里，玉米、豆谷种进了地里，此时进入了一年中的第一个农闲时节，亲戚朋友之间便要互相走动一下，联络一下感情，问问彼此的收成，这样便有了忙罢会。一年夏天，祖父的外甥寅生伯家所在的村庄上红庙村过会，我随祖父走亲戚，在寅生伯家的院子里，才第一次见到了木槿。

上红庙村是一个"绿树村边合"的小自然村，全村仅有百多户人。村东是小峪河，村西是太乙河，村庄及其周围，树木极多，且都是高大的树木。春天，远远望去，整个村庄像笼罩在一片绿雾里。树多鸟便多，斑鸠、麻雀、喜鹊、野鸽子都有，还有一些叫不出名字的鸟儿。白天，只要一走进村庄，便会听到一片悦耳的鸟鸣声。寅生伯家在村庄的最北面，房屋坐西面东，房前是一个很大的院子，房后是一片高大茂密的树林。那三株木槿就枝叶葳蕤地长在他家的院子里，花大若茶杯，粉红色，成百上千朵，热烈地开着。一进院子，我便被吸引住了，不由自主地舍了祖父，围着木槿转。花丛中有很多蜜蜂，嗡嗡嗡，有的在慢慢地飞，有的伏在花上，有的钻进花蕊，工夫不大，又钻出来；还有一两只葫芦蜂，也在花叶间东一头西一头地乱撞。我都有些看呆了。

"嗨！"我正发呆，有人从后面拍了一下我的肩膀，一回头，是寅生伯的小儿子学选，我认识他，他曾和寅生伯去过我家。一见他，我很高兴。我问他这是啥花，他告诉我是木槿花。"木槿花能吃的！"学选说。我立刻瞪大了眼睛。见状，学选随手摘下一朵花，去掉花蒂，一把塞进了口中。他又摘下一朵，递给我。我吃了，有一丝淡淡的甜味。长这么大，除了吃过槐花外，我还未曾吃过别的什么花，这是我平生吃过的第二种花。学选很顽皮，他看见一只蜜蜂钻进了花蕊，遂迅速用手把花捏拢，摘下，便听到蜜蜂在花蕊中嗡嗡地鸣叫。我也效仿他的样子去做，不想，花没有聚拢住，结果让慌张外逃的蜜蜂蜇了手，麻麻的，很痛。

木槿又名篱障花、朝开暮落花，现在，都市里、村庄中多有栽种，有的地方干脆就用它做了行道树。寅生伯家院落中那三株木槿还在吧？

如果在，树身想已有小碗口粗了吧。寅生伯已谢世多年，学选我已有二十多年没有见面，不知他已变成了什么样子。其实，人的一生就好像木槿花，有时，虽处于同一棵树上，但开隙各有其时，所谓聚少离多是也。更何况还不在同一棵树上呢。"人生无百岁，百岁复如何？古来英雄士，各已归山河。"明人刘基的诗虽为悲愤之作，但大抵也是实话。

柿　　树

　　柿树是关中农村最常见的一种树，尤其是沿秦岭北麓一带，几乎家家有柿树、村村有柿树。有人说，柿树多生长在苦寒的地方，譬如陕西、山西、甘肃、宁夏等省（区）的山地、丘陵地区，也许吧。柿树耐贫瘠、耐干旱，生长缓慢，但易活好管，稍有一些土壤和水分，就能迎风而长，并结出通红鲜亮的柿子，让人感动。

　　我的家乡在秦岭之北，离山约有十里，西依神禾原，北靠少陵原，属于川地。因近山之故，柿树在家乡也广为种植，河边地头，房前屋后，常可见到柿树的影子。尤其是到了秋日里，严霜一洒，树叶变成绛红色，片片落下，而红艳艳的柿子则俏立枝头，或累累然，或垂垂然，一嘟儿一嘟儿的，晴空丽日下，鲜艳之极，谁看了都会为之心醉。再陪衬以青堂瓦舍，袅袅炊烟，一丘丘金黄的稻谷，绿得发黑的玉米地，还有呼啸的鸟群，那简直就是一幅秋丰图，不惟旅人见了着迷，就连本乡本土之人见了，也会目眩神驰，连连赞叹。

　　柿树的品类很多，以果型和味道来分，大约有水柿、火柿、尖顶、火晶、寡甘、面蛋。因其树种不同，故果熟期和果味也大不相同。水柿硕大，未成熟时，浑身呈青绿色，熟后呈金黄色，食之清甜，水分足，美中不足的地方是皮厚。火柿靠近蒂部有一圈云纹，很好看。这种柿子个儿不大，吃起来也没有什么特别的味道，唯其未熟时，用火烧熟了吃，甜香无比。我不知道火柿之名是否由此而来，反正少年时代，我没少吃烧熟的火柿。尖顶和火晶则是我们那一带最常见的柿子。尖顶个大，快熟时将其摘下，用温水除去青涩之气，吃起来甜脆无比。但需注意，去其青涩之气时的水不可太烫，过烫则柿子会被煮死，那时，任你是神仙再世，也只能徒唤奈何。尖顶自然熟了也好吃，用手轻轻地剥去一层薄皮，便露出了鲜红的果肉，食之，糯甜如饴。火晶体型小，通体红艳，如沙果般大小，红熟时，或轻揩去柿子上的薄霜，一口吞了，或揭去柿蒂，对着口，微微一吮，立时一股蜜甜便顺着喉咙流到肚里，一直甜到心底。火晶是可以久储的。霜降之后，摘了火晶柿子，用剪刀剪去树枝（防树枝戳坏了柿子，柿子熟透后变软，最是娇气，稍微碰撞一下，就会破了皮，流出汁儿），在瓦房顶上用稻草盘个窝，将已红但还发硬的柿子头朝下一层，再头朝上一层，如此重叠，一层层码起来，最后用稻草盖严实了。这样，一任风吹雨打、霜侵雪压，柿子全然不惧，只安然地躺在草窝里，慢慢变熟。吃时，只需轻轻地揭开稻草，一层层拿取。如此，便可以一直吃到来年开春。寡甘柿子甘甜，不易变软，一般让其在树上变熟。有时白雪都覆盖了大地，这种柿子还擎立在枝头，风吹不落，雨打不坠。摘时，要用夹杆夹。面蛋形似火晶，但没有火晶鲜红、亮堂，也没有火晶蜜甜，只是一味的面。寡甘和面蛋，我们那一带人家种得不多。还有一种柿树名叫义生，是没有经过嫁接的，即使柿子熟透了，吃起来也有涩味，栽种的人就更少了。

　　我家老宅的院中有两棵柿树，一棵是火晶柿树，一棵是寡甘柿树，都有小桶般粗细。火晶柿树后来因要盖新房，斫去了。寡甘柿树至今还在院中挺立着，春天，在翠绿的叶片下，开一树金黄的小花；秋天，结一树红灯笼样的柿子。童稚时代，这两棵树给了我无尽的欢悦和乐趣。夏日看蚂蚁上树，用一根线穿了柿花挂在脖子上作项链，上树捉金龟子、知了，在树下乘凉、荡秋千；秋日里爬上树摘柿子，用铁丝扎红彤彤的柿叶玩，等等，都是让人着迷的事儿。有一种专吃柿子的鸟儿，家乡人呼它为燕咋啦，每年柿子成熟时节，它们都会叫着闹着飞临家乡的原野。每当这时，家乡的柿树都会遭一次殃。但在我的记忆里，家乡人似乎并不恨这种鸟儿。若哪一年燕咋啦不来，他们还会仰了头，自言自语地说："燕咋啦咋还不来呢？"一年秋天，柿子成熟后，因为忙，父亲嘱咐我和弟妹们把家中院里的柿子摘了。于是，我和弟妹们提篮拿夹杆，把两棵柿树上的柿子摘了个精光。不想，父亲晚上回家后看到这种情形，脸色立即沉了下来，他二话不说，饭也顾不上吃，便搬了梯子，硬给树顶上绑了几嘟儿柿子。下来后，他语重心长地对我们说："记住了，天生万物，有人吃的一口，便有鸟儿吃的一口。"直到那时，我才恍然大悟，我们太不厚道了，忘了给鸟儿留吃的了。父亲去年八月份已谢世，如今，追言思人，我不觉怃然。

柿树还是一种入得画的树，许多国画家都爱画它。我的妻子家在终南山脚下，出小峪口不远即是，村名也很有意思，叫清水头。每每念及这个村名，我都会想到杜甫的诗句："在山泉水清。"清水头村多树木，尤多柿树，一搂粗的，桶般粗的，随处可见，夏天撑一树树阴凉，冬日虬枝盘曲，古意苍然。我曾多次在这些树下盘桓，感叹着光阴的飞逝，追忆着逝水流年。一次，我和国画家赵振川的弟子王归光、于力闲聊，得知赵先生也常带了一班弟子到此写生作画，不觉欣然。怪不得近日观看他们师生的秋季小品展，画里似乎闪现着柿树的影子呢。

清水头村还有千亩荷田，六七月间，荷叶田田，荷风阵阵，荷花次第开放，红的白的，配以青山绿水，远村长林，景致也是蛮宜人的。除了柿树外，不知赵先生会不会偶发兴致，也画一两笔荷花呢？

香椿情结

寓居城市，虽已有十多年，但总觉得自己还是家乡原野上的那朵云，落不到城市这块土地上。故每逢季节变化，辄有思乡之感。思念故乡的山山水水、一草一木，以及那些至亲至爱的亲朋好友。杜审言诗云："独有宦游人，偏惊物候新。"其实，岂止是杜审言，古往今来，每一个远离家园的人，都会有这种感慨的。这不，看到古城墙上被春风吹得猎猎翻卷的旗帜，看到城市上空飞翔的五彩风筝，以及大街上姑娘们飘曳的裙裾，我便想到了故乡，此时，春的气息怕早已把它唤醒了吧。那些绿油油的麦苗、那些在原野上往来奔跑的孩子、那些呢呢喃喃飞来飞去的燕子自不必说，单是村头地边、房前屋后香椿树上吐出的紫红色的椿芽，就惹人怜爱。它们在亮丽的阳光下，散发出浓郁的馨气；在柔和的春风中摇来晃去，似在向人们说："来，采摘我们吧，我们正香正嫩呢！"

掰香椿，在我们家乡是一件很普通的事，七八岁的孩子干得有滋有味，兴趣盎然。香椿分野椿和家椿两种，野椿大多长在田头地坎。每到四月香椿发芽后，树上常常攀附着一两个男孩子。他们像猴子一样机敏，两腿一盘，坐在树干上，或干脆立在树杈上，风吹得树摇来晃去，却对他们无可奈何。他们有的拿着挠钩，有的拿着竹竿，只就椿芽上一钩或一按，椿芽便如一支力竭的箭，倏然落下。树下呢，则必定有三四个孩子捡拾。这些孩子边捡边吃，待吃得不想再吃，方将椿芽捡入柳条篮中。阳光照到头顶上时，树上的孩子下来，他们平分了香椿，便高高兴兴地回家了。这样，中午几家的饭桌上，便有了一盘时鲜菜肴——焯香椿，绿绿的，香香的，诱着人的胃口。不到一周，田野上的香椿便被孩子们掰完了，原来在风中摇头晃脑、生机勃勃的香椿树，立刻变得光秃秃了。不用担心，过不了几天，这些树上就会重新长出椿芽的，大人告诉我们，香椿越掰越旺。掰完了野香椿，那些顽皮的孩子并不满足，他们又把贪馋的目光盯到了家椿上。

我家的后院里有两棵香椿树，一棵有水桶般粗，一棵仅有茶杯口那么粗。幼年，每到掰椿芽时节，我便瞄上了家中的这两棵香椿树。一到野香椿采完，我就打它们的主意。但是，祖父严禁我掰小树上的香椿，他说那棵树正在"长树"，经不住攀折，这样，我便只好掰大树上的香椿了。这棵大香椿树靠院墙而生，长到两丈，分作两杈，然后又向上发展。每次掰椿芽，我都坐在分杈上，用挠钩钩。祖父呢，在树下捡。我一般不一次性掰完，只掰够一顿吃的就罢手。这样，整个春天里，我们就有吃不完的鲜香椿。有了香椿，祖父就做椿芽炒鸡蛋和焯香椿，这两样菜都极香，我都很爱吃。但祖父不许我多吃，他说吃多了流鼻血。祖父还贪杯，每次吃香椿，他都要喝几盅。有时，他也让我喝一盅，我不喝，他便说："娃子不喝酒，长大了没出息！"这样，我便喝，觉得那酒极辣，连眼泪都辣出来了。祖父则在一旁笑，显出很满意的样子。

后来，我上学了。先小学，后中学，功课愈来愈重，压得我喘不过气来。这样，每年春天，我就再也没有机会掰香椿了。不过，那诱人的椿芽炒鸡蛋和焯香椿还能吃到，那是祖父让小弟掰了香椿做成菜专留给我吃的。1982年，我到省城读书，便永远离开了家乡原野上熟悉的香椿树，那掰椿芽、吃香椿的情景，已成了遥远的过去，只能在梦中重温。只有祖父慈祥的面容时常在我的眼前闪现，令我思念不已。但由于功课紧，我竟无机会回家看望他老人家一眼。就在我入大学读书的第二年冬天，祖父不幸去世，享年八十三岁。听母亲讲，祖父临谢世前，还很惋惜地说："能吃上一口鲜香椿就好了！"当时，正是冬季，北风怒吼，万木凋零，离春尚远，哪儿能采到椿芽？何况，即便能采到，院中那两棵香椿树在父辈们析居后，也早已被砍了。

大学毕业，我进入城市，忙于工作，一晃便是十年。十年来，我再未吃过家乡原野上的鲜香椿，对香椿的记忆也逐渐淡远。有时在蔬菜市场闲逛，偶尔看到有卖香椿的，但大多已叶枯不鲜，且价格昂贵，令人望而却步。所幸妻子娘家后院有十几棵香椿树，每到春季，岳父常采了鲜椿芽，切碎，用盐揉过，然后晒干，给我们寄来一包，虽不及刚摘来的新鲜，但也聊胜于无了。每次做汤时，妻给汤中撒一撮，汤中便有了一股浓浓的香椿香。或在吃凉皮子的时候，给调料汁中捏一些，面皮吃起来，便显得格外味长。

数年前，一家杂志社举办了一次笔会，我有幸参加。笔会期间，时值春日，我在异乡的土地上不期看到了一棵香椿树，一时，思如潮涌，写了一首散文诗《香椿树》，至今犹记得有这样一段话："记忆里总有什么东西如火似的闪亮，搜寻了半天，才发现是你盘踞在我的脑里。香椿树，家乡的树，你还认识我么？你还认得那个掰椿芽的小男孩么？……"写下我对香椿的一片痴情。我想，今生我怕不会忘记香椿了。尽管家乡原野上的香椿树已没有我记忆中的稠密，但香椿的清芬却早已深入我的骨髓，这辈子，这股浓浓的香椿香怕是不会从我脑中散去了。

玉　兰

　　尽管从小生活在乡下，但我认识玉兰却很晚，原因很简单，我们村庄没有玉兰；抑或村外原野上、人家的庭院里有，我没有发现。大约在我十五六岁那一年夏天吧，趁暑假无事，我到堂姑家去玩，这才知道了世间还有这样一种令人心醉的树。

　　堂姑是二爷的女儿，是我父亲这一辈人中的老小，比我大十多岁。我去她家那一年，她已出嫁五六年了，而且有了一儿一女。堂姑嫁去的村庄叫清禅寺，在我们村庄的东南方向，离我们村庄有十六七里路，村南不远就是秦岭。清禅寺坐落在一处高岗上，岗下就是溪流纵横、稻花飘香、花木郁茂的樊川。樊川是一个很古老的地名，因其为汉代大将樊哙的封地，故名樊川。到了唐代，樊川又成了达官显贵的后花园，成了许多诗人的歌吟卜居之地，大诗人杜甫、杜牧都曾经在此长期居住过。杜牧的诗文经后人编辑后，取名《樊川文集》。唐代是一个佛教兴盛的朝代，风景秀丽的樊川大地上，佛寺遍地，往少里说也有十多处，著名的有兴教寺、香积寺、华严寺、净业寺、天池寺等七八座，堂姑家村庄所在的清禅寺，大约也是在这一时期建成的吧。据说，起初建寺时，并没有这一村庄。后来寺成，人家依寺而居，才逐渐形成了这一村落，而村落也因寺而得名。后来寺废，村庄袭其名，至今不曾更改。

　　我是在堂姑家村西废寺的遗址上见到那棵玉兰的。其时，我并不知道那就是玉兰。只觉得那树很高大，枝干很粗壮，枝叶很繁茂，似乎很有一些年头了。是堂姑告诉我那是一棵玉兰，且已有了一千多年的历史的。经她这一说，我一下子对这棵玉兰产生了兴趣。我上前搂抱了一下，没能搂住。树的确有了年岁，树身粗糙不说，还有许多节疤，望去显得有些丑陋。但它的枝叶却出奇的繁盛、茂密，椭圆形的巨大的叶子绿得发黑，连正午的阳光都穿不透。偶尔有山风吹过，树枝婆娑起舞，浓荫才被撕破，地面才出现一些斑驳的光影，让人看了很是着迷。而树的北面，被树荫遮盖的地方，有一眼清冽的泉水在潺潺地流，千百年间，这里的百姓便赖了这股水的滋养而存活。

"这树开花吗？"

"开！春天开，你明年春天来就能看到。"

"什么颜色？"

"白色。"

我想象不出这么大一棵树全缀满了白玉似的花是一种什么景象，我无端地觉得那一定很美。可惜现在是夏天，花事已过。我看不到花开。但我却一下子记住了玉兰这个名字，而且记住了堂姑告诉我的一句话：玉兰开花时特别好看，花也特别繁盛，可惜就是花期太短。

自从在堂姑的村庄认识了玉兰后，我又去过她家几次，但都不在春天，自然还是没有见到玉兰花开。可我从此却留了心，果然，在随后的岁月里，我有幸看到了几次玉兰开花的情景。一次是在植物园，一次是在青龙寺，还有两次也是在寺庙里（我至今纳闷，寺庙里为何爱种玉兰，是因为此花莹洁如玉，能昭示佛的神圣庄严吗）。

记忆里，印象最深刻的还是在青龙寺那一次。大约是在20世纪90年代吧，一年春天，我和几位朋友突然来了兴致，相约着到青龙寺去看樱花。那天上午阳光很好，杨柳风呼啦啦地吹，吹得人浑身暖洋洋的，似乎连骨头都要酥了。天空虽蓝得不甚分明，但有许多风筝在飘，便显得很有诗意。我们是骑着自行车去的，一路说笑着，不觉间就到了青龙寺。青龙寺蹲踞在乐游原上，像一位世外高人隐居在市廛中，匿身在红尘之外。寺里很清幽，尽管是春天，正是人们踏青春游的好时节，却没有几个人，这正合了我们几个人的意。寺里有很多樱花树，但我们来早了，樱花还没有开，我们便在寺里闲转。那树玉兰就是在我们转过一丛竹林后，蓦然撞入我的眼帘的。这棵树并不高，充其量也就两丈多高的样子，可那满树的繁花却把我震撼住了。放眼望去，一大朵一大朵白色的花，层层叠叠，堆满枝头，仿佛是用玉雕刻出来的一样，美丽极了。春风过处，花枝乱颤，似乎是无数白鸽在飞，又似乎是数不清的玉蝶在舞。我突然便想到了堂姑家村头的那棵千年玉兰，它到每年春天开花时，又该是一种什么样的热闹情景呢？是像幼儿园里的小孩子那样闹闹嚷嚷地开呢，还是无声地寂寞地在风中开呢？我不知道。我只知道自己已经多年没有见过堂姑了。听说她生活得并不好，是因为她那个好赌的丈夫呢，还是别的什么原因，我说不清。

　　我只清楚我很想念她，还有她家村头那棵玉兰。

堂　前　燕

　　惊蛰过后，土地一下子变得湿润起来，行走在乡间，你会觉得连空气都有些湿意，尤其是刚刚下过雨后，这种感觉会非常明显。周日回长安乡下看望母亲，母亲边在家门口的小菜园中劳作，边对我说："春天来了，虫儿们起身了，眼看着燕子就要回来了。"我说："还早呢。"母亲说："不早了，都三月天了。"母亲说着，还仰起头，看了一眼灰蒙蒙的天空。我也随着母亲的目光，望了一眼天空，天空阴阴的，堆满厚厚的云层。我知道母亲什么也没有看到，燕子至少要在三月底才能飞临家乡的土地，此时才三月初，还有二十多天呢。古诗《艳歌行》里不是写着"翩翩堂前燕，冬藏夏来见"吗，古诗里说燕子的到来在初夏，我们地处秦地，属于西北地区，见到燕子，也该更晚一些吧。而燕子一来，家乡的土地上，就又是一片桃红柳绿了。家乡的人也该整理秧田，开始育秧了。

　　说到燕子，它们确实是居住在人家的堂前的，这一点，古人比我们观察得细。小时候在乡下，我就见过燕子在人家堂屋的房梁上筑巢、生活的场景。每年三月下旬，当大地上已经是万紫千红时，一群群燕子就会像黑色的闪电，翅翼上闪耀着绸缎般的光芒，呢喃着，飞到家乡的土地上。此时，家乡人就会像又见到了老朋友一样，脸上露出久违的笑意。是啊，燕子来啦，新的一年又开始了。燕子来到后的第一件事是先寻找旧巢。如旧巢还在，它们就会衔泥衔草，进行修补，忙碌数天，旧巢就会被修复一新，燕子夫妇就会很快乐地住进去了。若是旧巢被毁，它们就需在故地或者另觅新地筑巢。这样，就会更加忙碌一些，筑巢的时间也会更长一些。但这并不影响它们的生活。接下来就是产卵育雏、哺育后代了。燕子似乎天生就是勤劳的，一如土地上的庄稼人，"谁家新燕啄春泥"，说的就是燕子的勤劳。有了巢，有了小燕，燕子一家就会很快乐地生活了。老燕早出晚归，日日在田野间、在乡路的上空，飞来飞去，捕捉昆虫；在人家的堂屋中飞进飞出，养育后代。尤其在暴雨来临之前，它们飞东飞西、飞上飞下，似乎都没有歇息的时候。偶尔歇息一下，都是在天气晴朗的时候，燕子们好像商量好了似的，一排排栖在电线上，或呢喃着，或梳理着羽毛，远远望去，像一个个巨大的省略号。

　　说来也怪，燕子生活在人家的堂屋梁上，或者堂前屋檐下，进进出出的，人们却并不厌烦，相反，还挺喜欢它们。如哪一年燕子迟来，或者不来，他们还会惆怅上半天。在家乡人的眼中，燕子是吉祥鸟，是益鸟，若筑巢在谁家堂前，说明这家人善，德行好，连鸟儿都愿来家里住。这尽管有些唯心，但他们愿意这么想、这么讲。父亲在世时，一生造过两次新房，也搬过两次家，算上旧居，曾在三处地方居住过，在我的记忆里，每处都有燕子筑巢。我记得最初在老屋居住时，因是大家庭，祖辈父辈生活在一起，院子大，房屋多，从外面通往院中的巷道，是由三间鞍间房中的一间辟出来的，那时的燕子，就把巢筑在巷道的楼梁上，尽管巷道中日日人来人往，人鸟却互不惊扰，相处谐美。一年初夏，也许是饿了，也许是想学飞，也许是别的什么原因吧，总之，一只乳燕不慎从巢中跌落到地上，急得老燕尖叫着，在巷道中来回飞。孩子们发现了，喊来了父亲，父亲搬来一架梯子，又把乳燕送进巢里，老燕才安静下来。还有一年，父亲发现燕子的巢太破，在第二年春天，燕子飞来之前，还特意用木板做了个小箱子，在箱子前掏出一个圆洞，然后将小箱子钉在另一根楼梁上，冀望燕子把它作为新巢。但父亲的苦心似乎白费了，这一年春天，燕子飞来时，并没有理会新巢，而是把旧巢修补了一下，依旧住在了旧巢里。父亲见了，也唯有苦笑的份儿。那个新巢，后来倒是方便了一对麻雀，它们不知怎么的，瞅上了这个新巢，快乐地住了进去。从此，巷道中变得更热闹了。

　　闲暇时，我很喜欢读丰子恺先生的散文，也喜欢看他的漫画。江南当然是有燕子的，不然，丰子恺也不会在文中画到画到燕子。何况还有那两句著名的诗"旧时王谢堂前燕，飞入寻常百姓家"为证。我去过杭州几次，也去过两次丰子恺的家乡桐乡市石门镇，也许是我不留心的缘故吧，我没有看见过燕子。但我想，杭州肯定是有燕子的，石门镇肯定也是有燕子的，而且，还不会少。丰子恺曾作过一幅画，画名为《衔泥带得落花归》，收在《护生画集》中。画面中，一妇人怀抱婴儿，安详地坐在竹椅上，椅边放一小凳，妇人面前，有一男一女两小儿在玩耍，一蹲一站，抬头望天，而天空中恰好有两只燕子飞过，燕子的下面有数片花瓣翩然飘下，其中的那个小女孩，正伸出双手，迎接落花。画面生动、温暖，惹人遐想。而那幅画的配诗，尽管是引用清人吕霜的，但也很妙。诗曰："一年社日都忘了，忽见庭前燕子飞。禽鸟也知勤作室，衔泥带得落花归。"这首诗写的当然是春天社日间的事。自然，那两只燕子衔泥筑巢，也要筑到人家的堂前。只是不知道，它们要把巢筑到谁家的堂前呢？

母亲的菜园

　　自从搬家后，老宅一空就是十多年，荒凉破败，让人"不忍卒睹"。父亲在世时，母亲还时不时地去老宅看一眼；父亲去世后，就连母亲也很少再去老宅。老宅变得更加寂寞、荒凉，成了草木的家园，成了鸟雀的家园。我回故乡，几次和母亲提到老宅，说要不要把它重建一下，都被母亲以各种理由，笑着婉拒了。母亲说的也是，新房平日还少人居住呢，花钱费力，翻建老宅，又有多大的用处。

　　老宅在村中心偏南，建成于 20 世纪 70 年代末，是父母一砖一瓦、一石一木地聚集材料，亲自请工匠建成的，是一座坐南向北的有三个房间的大瓦房，外带西面的两间平房，且自成一个小院。这样的房子，在那时的农村，属于比较好的房屋。老宅建好后，乡亲们还羡慕过一阵子呢，他们都认为父母有本事，殊不知，他们为建此宅，可是吃了不少苦呢，甚至还为此举了债。但当父母看见我们一家人搬离了那个世代居住的大院，终于有了自家的一处独立院落时，心中还是如蜜一般甜的。我们在这所宅院中，也就生活了十多年，父母便在村南边，靠近学校和公路的地方，重建了新宅。新宅是一幢坐西向东的两层楼房，现在看着普通，但那时却是很时尚的。父母搬到新居后，老宅就闲置下来。父亲谢世后，起先，母亲嫌院中空地闲着可惜，就在院里栽种了些树木，有一棵玉兰、一棵无花果树、一棵核桃树，还有一棵柿树。由于雨水充足，没几年的工夫，这些树木竟蓬蓬勃勃地长了起来，枝叶繁茂得如在院中堆积起了绿云，春夏走进院中，绿色直逼人的眼目，看上去倒是很舒服，但院中却几乎被浓荫遮蔽，显得很阴湿。由于树荫太浓，院中树下的地面上，极少有花草生长，倒是生出了绿苔。看着树木过于茂盛，母亲也曾请人修剪过几次，奈何树木生长太快，刚修剪过，很快又疯长起来，母亲只好听之任之。但这终究不是办法，经过一段时日的思考之后，母亲终于痛下决心，决定全部砍伐去院中树木，改种蔬菜。说干就干，当年的冬天，母亲便央人砍倒了四棵树，并刨出树根，重新整修了院子。斫去树木的院子，一下子变得豁亮起来，就如一间被遮盖得严严实实的大棚，瞬间被掀掉了棚顶，阳光哗啦一下，如水一般泻了进来；风也流动得更加畅快了；雨雪也痛痛快快地落到了院中，它们过去可全都是先落在树枝上，再慢慢渗漏下来的。唯一让母亲心中不惬意的是，树木被砍掉后，没有了鸟雀的叽喳声，过去一天到晚，院中可是落满鸟声的。母亲觉得有点对不起鸟雀。但为了院中敞亮，为了能种菜，她也顾不得这么多了。

　　春天说来就来了，一夜东南风，一夜小雨，大地便变得朗润起来，树木就慢慢地吐出了嫩芽。春风也唤醒了母亲那颗渴望种菜的心。赶在雨水前，母亲找了一把锄头，用了两天时间，把院中的隙地用心深翻了一遍，又用耙把翻出来的土坷垃捣碎，还整理了垄畦，一块菜地就算做好了。雨水这天，母亲给整理好的菜地撒上菜籽，栽种了菜苗，并施上足够的农家肥，浇透了水，才站在菜地边，望着菜地，擦了一把汗，嘴角浮出了笑意。转眼间就是初夏，一天，我回乡下看望母亲，到了家门口，却是铁将军把门。我以为母亲又到村中闲转去了，忙给她打电话，她在电话中告诉我，她在老宅，并让我过去。我急忙赶过去，当我推开院门的那一刻，我一下子惊呆了，院中已是一片葱茏。不大的菜地中，有碧绿的香菜、小青菜、蒜苗、大葱、韭菜，还有一两畦刚起身的黄瓜、西红柿苗。尤其惹眼的是两株正开着花的油菜。那花黄灿灿的，明艳，繁盛，把整个院落都给照亮了。而花簇中，正有两只蜜蜂，嘤嗡着，采着蜜呢。那简直是一幅画。这么多年，我曾在全国多地看过油菜花，有陕南的，有婺源的，有四川的，还有甘肃的，那都是一大片一大片的，气势汹涌如潮，宜于摄影，宜于入画。但我没想到，两株油菜花孤零零地站在菜地里，开在春风里，原来也是那么的好看。母亲见我看得有些发痴，笑眯眯地走近我，说："这菜园咋样？还行吧？"我连连点头。自然，那次返回西安时，母亲是大包小包地给带了很多她种的蔬菜。

在接下来的日子里，只要我，或者妹妹回家，临走时母亲都会让我们带些蔬菜。青菜下来带青菜，黄瓜下来带黄瓜，辣椒下来带辣椒，反正母亲的菜园里有什么，我们返程的行囊里，就会有什么，有时甚至是一个南瓜，一把豆角，一兜西红柿。每当我们不愿带时，母亲总会说："自家院中长的，图个新鲜，图个放心！"我们就愉快地带上了。我和两个妹妹都知道，那些蔬菜，尽管值不了几个钱，但那是母亲的一片心意。说来也奇怪，每当我吃着母亲种出来的蔬菜时，总能觉出一种特别的香甜，也觉出一种无可言说的温暖。

几度春风，几度秋雨，不觉间，母亲在老宅种菜已有四五年了。母亲把老宅中的菜园侍弄好了，今年又不满足了，竟然又在新宅的门口开辟出两块小小的菜地，种起菜来。作为一个庄稼人，她见不得土地荒着，哪怕是一小块毫不起眼的隙地。母亲今年已77岁，已到了晚年，她喜欢做什么就做什么吧，只要她高兴，只要她身体好。一个人活到这样的年纪，已经看明白了世事，已经活得通脱，没有什么能限制她了。

散碎的光阴

村　　庄

　　我很喜欢杜甫的一首诗《江村》："清江一曲抱村流，长夏江村事事幽。自去自来梁上燕，相亲相近水中鸥。老妻画纸为棋局，稚子敲针作钓钩。但有故人供禄米，微躯此外更何求？"我老疑心，杜甫这首诗写的是我们家乡。因为，杜甫在长安时的所居地少陵原畔牛头寺，就离我们家乡稻地江村不远，仅有十五里。但事实上，杜甫这首诗是他寓居四川成都浣花溪畔时写的，诗中所写，皆为浣花溪周围的情景。而那时，我们的村庄，还没有出现呢。

　　我们的村庄叫稻地江村，它成村于明代，过去并不叫此名，叫江村。因长安有五个江村，人们怕把村名弄混淆了，就根据我们村庄的特点，把它叫成了稻地江村。稻地江村位于长安樊川的腹地，它南靠终南山，距终南山仅有十里。终南山也叫南山，这可是一座大有来头的山，从周代至今，一直被文人墨客反复歌咏着。《诗经》中的《秦风·终南》《小雅·信南山》和《小雅·斯干》都曾歌咏过终南山："终南何有？有条有梅。""信彼南山，维禹甸之。""秩秩斯干，幽幽南山。如竹苞矣，如松茂矣。"稍读一下，就觉出有一股郁郁文气，一股幽静之气扑面而来。唐代大诗人王维，也曾不吝笔墨，为终南山写下一首诗："太乙近天都，连山接海隅。白云回望合，青霭入看无。分野中峰变，阴晴众壑殊。欲投人处宿，隔水问樵夫。"诗中所写的终南山中的太乙峰，也在我们村庄的正南面偏西一点，现在叫作翠华山，是国家 AAAA 级旅游景区，是有名的风景胜地。因距家乡仅有十多里，我曾多次登临过此山。而最近的一次登临，就在去年的十一月份，其时，全国晚报文化分会会长工作会议暨报人散文作家采风活动在西安举行。会议结束后，适逢周末，《新民晚报》的张晓然先生因生于南地，未曾目睹过秦岭，渴望一览秦岭之巍峨风采，我遂带他就近游览了翠华山，睹山览水，看漫山的红叶，看得他心怀大畅，连连赞叹，盛赞终南山山水之美。我也是一脸的灿烂，满心的欢喜。试想想，听到别人夸赞自己的家乡，哪个能不高兴呢？

　　而村庄的北面呢，涉过清浅的大峪河，越过一片田地，就是少陵原。少陵原上有汉宣帝陵，原畔就是著名的兴教寺。兴教寺是唐玄奘法师的埋骨地，距离我们村庄有四五里。天气晴好时，站在村北，可以望见兴教寺朱红色的围墙，还可以望见院内黑森森的柏树，以及玄奘法师和他两位徒弟圆测、窥基的舍利塔，藏经楼等。每年的大年初一，这里有庙会，寺庙免费对周围村庄的百姓开放，我都要跟了母亲，去兴教寺逛庙会。当然，这都是童年时代的旧事了，长大后，三十年间，我虽然多次去过兴教寺，但都是随他人去的，至于和母亲，再没有去过。思之愧然。

　　村庄的西面是神禾原，传说是谷神后稷种出过大谷穗的地方。去神禾原和去少陵原距离差不多，路虽然不远，但需涉过两条河——小峪河和太乙河。至于村东呢，则是王莽村，这是一个从东汉时就存在的村庄，它距我们村五里，王莽村再往东就是刘秀村，民间传说中的王莽追赶刘秀的故事，就发生在这里。农业合作化时期，王莽村和我们村联合成立了"七一"合作社。据说作家柳青当年写《创业史》体验生活时，最初选择深入生活的地方，就是"七一"合作社。后因这里的合作社工作已完成，最终才换到和我们村一原（神禾原）之隔的皇甫村的。因此，《创业史》中的主人公梁生宝，既有皇甫村互助组组长王家斌的影子，也有"七一"合作社社长蒲忠智的影子。

我之所以不厌其烦地写这些，无非是想说一下我们村庄周围的地理环境和人文历史。至于我们稻地江村，现在已是一个拥有三千多人的大村庄。它的村南是小峪河，村北是大峪河，两条河在村庄的西北角相会，便形成了声名显赫的"长安八水"之一——潏河。大、小峪河似两条长长的手臂，把村庄环抱着，村庄便像一个憨憨的婴儿，躺在母亲的臂弯里，一年四季，做着香甜的梦。春梦油菜花开，夏梦荷叶田田，秋梦稻谷飘香，冬梦雪漫终南。因有了这两条河的滋润，我们村庄稻田成片，"漠漠水田飞白鹭""稻花香里说丰年，听取蛙声一片"就成了最常见的风景。驰名西安的大米"桂花球"，就产自我们村。因这个品种的水稻在秋天桂花飘香时节成熟，碾出的米晶莹剔透，做出的米饭白亮香筋，一时名播四方，故叫了此名。我上中学时，我们的地理老师每中禄先生在讲课时，时不时地会提到我们村，而他每次提到我们村时，最爱说的一句话就是："进了江村街，就拿米饭憋（吃饱的意思）。"可见我们村稻田种植之广、稻米之大有名焉。不过，这些都是以前的旧事了。四十多年过去，由于村人的过度挖沙采石，大、小峪河的河床已被挖深一丈多。当年，每逢插秧和秧苗成长时节，只要稍微把河水堵一下，清澈的河水，就会顺着堰渠，自动流入稻田里，而这样的情景，已不复存在。如今，堰渠和稻田被"吊"了起来，要想给稻田浇水，只能靠抽水机从机井里抽水。这大大加重了种水稻的成本。于是，水田慢慢变成了旱田，村人只是象征性地种点水稻，打下的稻米，够自己吃就行了。昔日那个被水田环绕、宛如江南的村庄，只能依稀在梦中见到了。

祈　雨

我们村是方圆数十里内有名的大村，有十四个生产队。村中心是个大"十"字，这里是村庄的心脏，是村庄的核心区域，大队部、医疗站、商店、理发店、缝纫部……都集中在这里。平日里，这里的人也最多。村中的许多重大事情，都发生在这里。比如征兵、招工，比如每年正月耍社火，还有干旱年间的祈雨，等等。二十世纪八十年代的一个夏天，村人收割过小麦之后，旱魃肆虐，久旱无雨，收割过的田地里，犁铧翻开的泥土，都扬起烟尘来。无水泡地，秧床上的秧苗长到一尺多高，却无法移栽到水田里。村里人个个心急如焚。村中几位年高德劭的老者一合计，竟想到了古老的、已经数十年未曾举行过的祈雨仪式。要知道，在那样的年月里，祈雨是要冒极大风险的，弄不好，会被扣上帽子，被说成是封建迷信，会遭受批斗的。但那时村人无法，救庄稼要紧，也就顾不得那么多了。好在大队领导听说后，也是睁只眼闭只眼，有道是："不管海龙河龙，能降雨的就是真龙。"这样，一场轰轰烈烈的祈雨活动，就拉开了序幕。我那时已到西安上学了，适逢周末在家，才得以目睹这次祈雨活动。

要说祈雨，还得简略说一下我们村的四条大街。以"十"字为中心，向四周辐射出去，我们村庄便有了东南西北四条大街。而每条大街的两边，又像鱼刺一样分布着许多小巷，诸如关家巷、赵家巷，等等。而在四条大街的顶头，也就是村边，过去是有过四座碉楼的，那是村人用来防御南山上的土匪的。民国年间，秦岭北麓一带，匪患猖獗，沿山的村寨，多有修筑寨墙、建筑碉堡、组建民团进行自保的。我们村庄的碉楼，就属于这种性质。二十世纪六十年代中叶，这些碉楼还在。因为我家住在村南，离南面的碉楼近，我还随大人登上去过。盛夏时节，我也常在碉楼下乘凉。碉楼下是一个过道，过道两边各横放着一根大木头，闲日闲天的，村人爱坐在木头上吃饭、闲谝。尤其是夏日，在田中劳作了一上午的庄稼人，到了中午，端一碗饭，坐在过道里，下山风一吹，浑身通泰，简直舒服到嗓子眼里去了。除了四条大街、四座碉楼，村中还有两座庙，村南是三义庙，村北是黑爷庙。祈雨活动，是在黑爷庙里举行的。

祈雨当天的黄昏，村里人准备了锣鼓家伙，准备了香蜡纸烛，在"十"字街头集合好后，便敲敲打打地往黑爷庙而去。而锣鼓队后面，则是满怀渴望的村人。他们大多沉默着，随了祈雨的队伍，向前走着。就连小孩子也似乎受了这沉重、庄严气氛的感染，拉着大人的手，不出一声。夜色中，只能听到锣鼓声、杂沓的脚步声和偶尔一两声咳嗽声。到了黑爷庙，由主祭给黑爷上过香后，便开始伐马角，由马角向黑爷祈雨。这一次祈雨，近乎是偷偷摸摸举行的，因此，祈雨的队伍并没有像以前那样，大张旗鼓、浩浩荡荡、走村过寨地奔赴翠华山龙湫池。村人只是抬了马角，在村外的一口井里取了水，然后，绕村一周，又在四条大街上转了转，便回了黑爷庙。

而那次祈雨伐马角，让我难忘的一件事是，担任马角的竟然是我的一位小学同学，绰号"三和尚"的。三和尚大名叫张从孝，家中上有哥，下有弟，一帮光葫芦，上学期间，也不知怎么的，就得了这么一个绰号。这绰号并没有什么恶意，反倒透出一种亲切。说来也怪，那晚祈过雨后，次日黎明，村庄周围果然就落下一场大雨。这场雨从黎明一直下到中午，方才停歇。大街小巷中雨水横流，秧田中灌满了水，麦茬地则被雨水浸透，因干旱而焦灼的村人，脸上难得地露出了笑容。村人不等雨停，就披着蓑衣、雨布，戴着斗笠、草帽，下田劳作了。半晌午时，我看见门前一帮小孩赤脚在雨中玩耍。他们边玩，还边唱着一首儿歌：

> 一点雨，一个钉，落到明朝也不停。
> 一点雨，一个泡，落到明朝还未了。

至于三和尚，那次祈雨完后，多年间，我再没有见过。去年冬天，婶娘因病去世，我回家奔丧。葬礼结束，在答谢亲朋乡党的酒席间，忽然有人过来和我打招呼，给我敬酒，我定眼一看，竟然是多年未曾见面的三和尚。多年不见，三和尚亦老矣。他面庞黧黑，眼角已有了鱼尾纹，但头发尚黑尚密，精神也还旺盛。一时间，我竟生出"人生不相见，动如参与商"之慨。

建在庙里的小学

我正在打谷场上和小伙伴们玩，母亲让妹妹把我喊回了家。母亲不由分说往我手里塞了支粉笔，让我把 1 至 10 这十个阿拉伯数字写在地上。看我在橘黄色的灯光下，歪歪扭扭地把这些数字写完，母亲的脸上露出了笑容。这是 1972 年夏季里的事，我记得很清楚。那天晚上，等我写完了字再出去玩时，萤火虫已挑出了它的灯笼，蛙鼓已在村庄周围的稻田中响成了一片。而黛蓝色的天幕上，已是繁星点点。

这一年的秋天，我便被父母送进了学校。我当时很懊恼，深悔自己在小姑面前显摆，学写了从大孩子那里认得的数字。小姑嘴长，将此事告知了母亲。因以后再不能无拘无束地玩，报过名后，我一连几天都不开心。母亲用手摸了摸我的头，问我是不是病了。我摇了摇头。母亲满眼疑虑地去做她的事了。

学校临着一条小溪，建在一个高台上，是用村南的三义庙改建的。三义庙里供奉着刘关张三兄弟，过去是村里人的一个重要的活动场所，每年的夏秋两季，村人在此酬神唱戏（戏楼矗立在三义庙的正南面），求神祈福。甚至为了能让某件事是非分明，赌咒发誓时也来这里。不过，那都是以前的事了。后来，三义庙逐渐被废弃。刚好，村里要建学校，便将其作了学校。起初，村里读书的人少，庙里尚能容纳下上学的孩子。十多年后，等到我们上学的时候，三义庙已显出拥挤，容纳不下上学的孩子了。村里人便把原来的庙作了教师的宿舍和办公地点，而把庙南面戏楼边的空地圈了一大片，经过铺垫，修了两排房屋，作了学生的教室。这样，我们村的小学就分作了南北两个跨院。那时因为年龄小，我最愿意在南院活动，最不愿去的就是北院。我总觉得北院很阴森，有些吓人。原因除了院里生长有很多柏树、合欢、杨树、槐树等高大的树木外，还有很多狰狞的神像没有搬走，就堆积在大殿的一角。我常常疑心会从这个院子的某个角落里跑出鬼呀神呀什么的。

上学的日子是快乐的。除了上课，还有很多别的活动。记忆最深刻的是学农劳动。夏季干旱时节，我们便拿了桶、盆，去帮生产队抗旱，浇灌玉米。抗旱期间，可以尽情地玩水，老师除禁止我们下泉游泳外，一切听之任之。我们便在浇完地后，下到河里捉鱼，并且偷偷地游泳。这时节，瓜果已下来，偷了桃，偷了瓜，可一股脑倒进小峪河的深潭里，边戏水边吃瓜果，那份高兴的劲儿，至今回想起来，还不觉神往。不过，这些事儿都不能让老师发现，若被发现了，要么第二天被拎到课堂上罚站，要么当下便被老师抱走了衣服，害得我们上不了岸。

参观阶级斗争教育展览馆也是一件很有意思的事。我们家乡位于樊川的腹地，西面是神禾原。翻过神禾原便又是一片川地，名叫王曲。"曲"原为渠，是指地貌多弯曲，水流迂回的地方，在历代典籍记载中，广袤的长安大地上，共有"五曲"，除章曲、韦曲、杜曲、宣曲外，就是王曲。新中国成立前，王曲有一个姓郭的大财主，他修建了十一院房屋，娶了三房老婆，占有大量土地，并在西安等地开有十个商铺，当地有谣云："下了王曲坡，土地都姓郭。"可见其富有。据说这郭姓财主很不仗义，除压榨佃户、欺负乡邻外，还害死了一个长工。事情到底是什么样子的，我们年纪小，不得而知。后来，他家的土地、家产被政府没收，房屋便作了阶级斗争教育展览馆。为了使祖国的下一代不忘阶级苦、牢记血泪仇，学校三天两头地让我们到王曲马场村参观。教育没受多少，倒是那十一院迷宫样的房屋和房屋内稀奇古怪的陈设，以及郭财主为避险预先修筑的供逃跑用的暗道，让我兴奋不已。一次参观时，趁讲解员不注意，我和其他几位男生翻过拦挡线，凑到暗道口看了看，里面黑乎乎的，什么也看不见。为此，我们还受到班主任的一顿批评呢！

有趣味的事儿还有，那就是可以时不时地上戏楼玩。据老辈人讲，这座戏楼建于清代，是为酬神而建的。戏楼仅底座就有一人多高，台边用青石条砌成，戏台中央下面埋有两口大瓮，上面覆盖着厚木板，这样，唱戏时，声音就可以传送得很远。戏楼分作两厢，前厢是戏台，作唱戏用；后厢则是演员休息的地方。与前厢不同的是，后厢还建了一间阁楼，阁楼东西均有木质楼梯可上下。坐在阁楼上，可以喝茶，还可以远眺终南山。幼年，我就曾见到我们学校的一位语文老师，站在阁楼上，边眺望南山，边吟咏王维的诗《终南山》。但我当时并不知道村西南面的翠华山，就是王维诗中所写到的山。整座戏楼雕梁画栋，顶部有飞檐，有鸥吻，墙上有精致的砖饰，看上去富丽堂皇，巍峨壮观。课间休息，或者下午不上课时，我们常到戏楼上捉迷藏。夏季里天气最热的时候，我们干脆就躺到戏楼上乘凉。凉快够了，又到台下去疯跑，或者聚集到戏楼西面教室门前的乒乓球台打乒乓球。

　　在我的欢乐与忧伤中，八年时光悄然过去。我在这个有庙宇、有老戏楼的学校上完了小学、读完了初中，直到考上了樊川中学，才和这个名叫稻地江村小学的地方作别。在其后的岁月里，我曾无数次地梦到这个地方，梦到这个地方的景物，以及人和事。2006年春天，正是油菜花飘香的时节，我趁回村探望父母之际，专门到学校去了一趟。留有我温暖记忆的学校已不复存在，三义庙被拆毁，老戏楼也被拆掉，教师居住的小院里，曾经让我产生过恐惧的所有树木都已荡然无存，除了后来修建的一座钢筋水泥戏楼外，这里只剩一片荒凉的空场。有鸡鸭在里面觅食，有野草在里面滋生、蔓延，还有春天的风在里面来回逛荡，时不时地卷起地面上的纸片、草屑。就连那座后来修建的戏楼，因很少再派上用场，经过二十多年岁月的侵蚀，也已变得破败、老迈，似乎稍有电闪雷鸣，就会坍塌。就连那个我年少时叫溜了嘴的校名，如今也已更改，变为王莽乡中心小学。校址迁到戏楼以南，那里，曾经是大片的稻田荷田，夏夜里，有青蛙鸣，有萤火虫飞，还有阵阵稻香荷香，被南山上的风送入校园、送入村庄。不过，这一切只能留在我的记忆里了。

进　　山

　　我在长安乡下生活的那些年月里，每逢春天树木刚刚发芽时节，常见村里人，带了干粮，打了绑腿，腰里别了斧头，扛上扁担，扁担上挑着一挂绳索，或谈笑着，或哼着秦腔，一溜带串地进山去。进山干什么？砍棍。他们一般在鸡啼时出发，有时是鸡叫二遍时，有时是鸡叫三遍时。这个时候，天还未亮，外面还是黑乎乎的一片，只在东方的天边，有那么一丝亮光，但也不十分亮，也就那么淡淡的一痕。进山人吃过了饭，在家人的叮咛声中，冒着早春还有些料峭的寒风，披星戴月，在生产队队长的率领下，踏上了离开家乡的路。离开了温暖的家，离开了朝夕相处的亲人，冒着危险，走进未知的深山。此时，他们在想些什么呢？心中有无一丝苦涩泛起呢？

　　我的家乡在樊川的腹地，虽说抬眼就能望见南山，但若真正走起来，也有十来里路呢。因此，村人进山必须起早，赶天亮就得走到峪口。到了峪口，虽然也算进了山，但距他们砍棍的地方，还有老长一段距离呢。浅山里哪有棍可砍呀，如有，也早被人砍光了。砍棍人进山后，还得沿着崎岖的山路，走上那么十里二十里的，然后舍了官路，进入旁边的小山沟，才能找到他们需要的东西。听进过山的人讲，他们砍棍，多在小峪、白道峪和太乙峪。这几处峪口都在我们的村庄附近，进山可以少走许多冤枉路。峪中又山大沟深，树木茂密，是砍棍的理想地方。但这些地方也很危险，经常有熊、豹子、山猪等野兽出现，弄不好，就会受伤或丢了性命。这就是砍棍人为何要结伴进山的原因，一旦有风吹草动，好有个照应。

　　进沟后，他们约好见面的地点、时间，就分头散入谷中，寻找适合做棍的树枝了。山谷中，立刻便传出了清越的砍斫声，还有树木、树枝的落地声。空寂的山谷中，顿然就显得不再寂寞，有了活泛的气息在流动。砍棍人下力气地砍着，两三个时辰过去，周围已堆下了很多的树枝，他们擦一把额头的汗，喘口气，把这些树枝捡起，堆积到一块儿，然后，斫去梢枝，一根根棍便出来了。接下来就是埋锅做饭，搭建窝棚，准备过夜。砍棍人的饭食比较简单，他们一般爱做老鸹头。烧一锅清水，揉一团软面，待水滚后，用筷子把面团夹成一小疙瘩一小疙瘩的，直接下进滚水锅里。然后用猛火狠煮，直到把面疙瘩煮熟，再放进一把带来的蔬菜，老鸹头就做好了。这样的老鸹头有面疙瘩、有汤、有青菜，盛进碗里，调上辣子蒜汁，调上油盐醋，呼噜呼噜吃上两大碗，养人又耐饿，是跑山人最爱吃的。因夹出的面疙瘩形似老鸹头，故名之。除了老鸹头，他们有时也下点汤面条，或吃两方锅盔馍了事。饭足汤饱，天也就有了暝色，他们便给窝棚口笼一堆篝火，抽两袋烟，聊一会儿天，随后酣然而眠。夜间，他们有时会被冻醒，有时会被野物的叫声惊醒，但他们不以为意，翻个身，又会沉沉睡去，梦依然香甜。他们明白，他们是安全的，篝火会帮助他们吓退野兽，也会驱走山中的"妖魔鬼怪"。

山里的天比山外的亮得慢，但终于还是亮了。开始有了鸟儿的叫声，有了野物的跑动声，砍棍的人也醒了。洗一把脸，吃点干粮，喝点烧开的山泉水，然后又开始了新的一天的劳作。此番的劳作也就半天。他们再砍一会儿棍，然后把棍捆绑好，吃顿饱饭，便用扁担把棍挑了，艰难地踏上了归乡的路。他们的脚步是沉重的，但心中却是喜悦的。这些棍挑回村后，经过浸泡、去皮，再用火烘烤后，就能变直，就可以作为上好的杈把、铁锨把、镢头把了。这些经过加工的棍，除了供应本生产队外，剩余的，还会被村人挑到集市上，变为现钱，作为生产队里的一份收入。整个早春时节，我们生产队的精壮男劳力都会进南山，周而复始地干此种营生，直到仲春时节，树木发芽，并逐渐成荫才罢手。但在有一年春天的一次进山中，作为砍棍人的有生伯，却因为迷路，再也没有回来。有人说他被熊糟害了，有人说他被山魈迷住了，谁说得清。有生伯的家人哭了一场，便在村外的老坟地里给他建了一个衣冠冢。

至今，那个衣冠冢还匍匐在村外，荒草葳蕤，墓木茂盛，如一道伤疤，时不时地，还会刺痛人们的眼睛。

年　灯

打我懂事起，我一年中最盼望的日子就是过年了。过年除了可穿新衣服，吃好东西外，最吸引我的，则是可以有一两盏灯笼。我有五个舅舅，正月初六一过，他们就先后到我家来，给我送灯笼。送的灯笼虽然很多，但我却不能一个人独享。这些灯笼，也有弟弟妹妹的份儿。有些贵重的灯笼，比如莲花灯、玻璃灯、珠子灯等，母亲还不允许我玩，她要将它们挂到房屋下，挂一年，待到来年新灯笼送来后，这些灯笼才能取下，收藏到阁楼上。我玩的都是一些最平常的火囵囵灯。这种灯类似浑圆的宫灯，有足球那么大，中空，上下各有一个圆孔，下孔有一个活动的方形或圆形的木块，木块上有一个小洞，用以插蜡烛；上孔有一根灯系，灯系上有一根小棍，孩子们就是点上蜡烛，然后挑上这根灯棍，而四处游走的。冬夜里，一个个火红的灯笼，在村边，在街巷里，晃动，流动，伴着孩子们童稚的说笑声，很是喜庆。我也在这支欢乐的队伍里，喜悦是无以言说的。

如果是有雪的夜晚，那情形更加好看。雪花如漫天蛱蝶，在灯笼的周围，翩然而飞。在暗红色的灯晕下，地上的雪，显得异常宁静、温暖。夜色也显得更加迷离。我们欢快地在路上走着，体味着雪打灯的韵味。突然，谁的灯笼不小心着火了，大家先是一阵惊呼，随之便是一阵快活的笑。在我的记忆里，我每年都因不小心，或者顽皮，烧掉三四盏灯笼。有一年，我甚至烧掉了六盏灯笼，没有灯笼可打，我便要赖，向弟妹们要，结果遭到了母亲的一顿呵斥。

有啥办法可以得到一盏灯笼呢？晚上，睡在滚烫的热炕上，我翻来覆去地想。我的不安静被祖父发现了，问明了原委，他安慰我说："快睡觉吧，爷明天给你买！"果然，第二天，等我一睁开眼，祖父便领着我，走了十里路，来到杜曲镇集市上。嗬，这里卖灯笼的真多，简直是灯笼的海洋，有的把灯笼挂在搭起的架子上，有的挂在人家的屋檐下，但更多的人，则是给自行车后座上绑上几根竖起的棍子，一盏盏灯笼就像糖葫芦一样，穿在棍子上，煞是好看、壮观。我随祖父在集市上转了半天，吃了蜜粽子，吃了糖葫芦，自然，还买了一盏火囫囵灯。然后，高高兴兴地回家。

夜幕降临了，我又有灯笼可打了。雪花无声地落着，我的心里却是暖融融的。这暖意，如同解冻的春水，数十年间，即使是在祖父谢世多年后，还在我的心中不停地流动，流动……

桐　花　令

　　暮春或初夏时节，若行进在广袤的关中平原上，便会看到许多桐树。这些桐树，或生长在田间地头，或挺立在村边、人家的院落间，它们的枝头上，全开满白中带紫的花，花团簇拥，好看极了。有蜜蜂在花间采蜜，有鸟雀在枝头啁啾，煦暖的风儿吹过，花枝招展，摇曳出一道美丽的风景，让人沉醉，亦让人心旷神怡。

　　说到桐花，我并不陌生。因为，我的家乡长安稻地江村就在关中平原的南端，靠近终南山一带。这里自古就是桐树的故乡。历史上，此地及周边发生过许多和桐树有关的故事，最著名的当数周成王桐叶封弟的故事了。有桐树，自然就有桐花。而我认识桐花，就是顺理成章的事儿了。记得我上初中那一年，父辈析居，我家迁出了几辈人居住过的老屋。新居是坐南向北的三间大瓦房。房屋建成后，父母特别珍视，特意在院子的西边，辟出一块菜地，种植蔬菜。还在菜地的垄上，种上了两棵酒杯粗的桐树，希望其长大成荫，荫庇我们家。第一年，桐树没有长高多少，性急的父亲，不知从哪里得到了一个土方，竟在当年的冬天，将两棵桐树从根部锯掉，仅留下一拃高的树桩。桐树幼小时，树干是空心的。父亲取来油瓶，给锯断的两棵桐树的树心里，分别灌入一些菜籽油，然后用塑料布包裹上，用细麻绳扎紧。奇迹发生了，次年的春天，两棵桐树都从根部发出了芽儿，那芽儿油亮亮的，又粗又壮，看着都让人心里喜欢。芽儿长啊长，不到一个月的工夫，就长到两尺多高，叶片油绿，状如巴掌，在春风中招摇。春天结束了，接着是夏天，两棵桐树好像得了什么神力，又好像在比赛似的，一个劲地往天空蹿。天空是瓦蓝的，有白云在飘动，有阳光倾泻而下，它们拼命地向天空生长，是要拥抱那一片瓦蓝、那一片明丽么？我少年的心里，装满了疑问。转眼就是秋天了，当金黄的稻谷堆满场院的时候，桐树已有两丈多高，已经高及屋檐了。它们枝干粗壮，头顶绿云，似两位亭亭玉立的少女。看着两棵茁壮成长的桐树，我们一家人的心里，都装满了欢悦。这两棵桐树，经过三五年的生长，很快就长到碗口粗，每年春天，都开出两树繁花；夏秋，则筛出一地的阴凉。我们在树下吃饭、纳凉；我和弟妹在树下嬉戏、做作业、打扑克……无数让人难忘的日子，就这样从我们的指缝间流逝了。可惜的是，这两棵桐树，后来因为家里要在院中盖厦房，给斫去了。在桐树被斫去的最初一段时日里，我时常无意识地望向厦房的上空，但除了虚空，什么也没有。没有了繁花，没有了浓绿的枝叶，也没有了悦耳的鸟鸣……我的心里顿觉空落、怅然。

1984 年，我在西安的一所高校读书，大约是清明节前吧，适逢当代文学课讲到柳青的《创业史》。代课老师，也就是我们的班主任王仲生先生，灵机一动，要带领全班学生去长安县皇甫村，也就是柳青当年扎根 14 年，写出皇皇巨著《创业史》的地方，实际感受一下，以便我们对作品有更深刻的理解。得到这一消息，同学们高兴坏了。一个春日的上午，我们在王先生的带领下，乘坐一辆大巴车出发了。西安市距长安县王曲镇皇甫村并不远，也就二十多公里的样子。但那时道路不好，坑洼多不说，还狭窄。尤其是途中的三爻村到韦曲一段，还有一个大上坡和大下坡。下完坡后，还要经过熙熙攘攘的长安县城，再向南爬上神禾原，再下一道坡，才能到达皇甫村，其间的艰难，可想而知。好在大家那时年轻，人人充满求知欲、好奇心，也就不以为苦了。那日过了潏河，要上神禾原时，我的眼睛就亮了。春阳朗照，和风煦煦，路两边的坡原上，麦苗青青，垂柳依依，尤其让我着迷的是那一树树灿然开放的桐花，阳光下若一片片紫霞。等到了皇甫村，那桐树多得简直要把村庄覆盖住。家家的青堂瓦舍，都掩映在桐花丛中，简直美艳极了。多年之后，我曾在一本画册上，见到过长安画派创始人之一石鲁先生的一幅画《家家都在花丛中》，我一直疑心他画的就是皇甫村。后翻阅资料才得知，石鲁画的是长安县桃溪堡村，和皇甫村仅仅隔着一道神禾原。桃溪堡村也是一个有故事的所在，它在唐代叫都城南庄，距杜曲镇不到一里，和唐代诗人崔护相关的人面桃花的故事，就发生于此。那日在皇甫村，我们参观了柳青旧居中宫寺，祭扫了柳青墓，还拜访了《创业史》中的主人公梁生宝的原型王家斌。王家斌那年有六十岁的样子，因患有脑血栓，已半身不遂，是坐在椅子上，被人抬到他家的院子里的。我们和他进行了交谈，还和他照了相。多年之后，回想起那次皇甫村之行，我脑中第一个闪现出来的，还是笼罩在村庄上空的紫霞似的桐花。那也许是我此生见到过的最美丽的桐花了。

我现在的工作单位在西安城里小南门内。小南门西边是含光门，两地相距四五百米。工作之暇，我常独自或者和同事去环城公园里散步。散步返回时，我常常要途经含光门，而在含光门内的东面道沿上，紧邻着古老的城墙旁，巍然挺立着两棵水桶般粗的桐树，暮春或者初夏时节，繁花满枝。而若经过一夜的风雨，则会落花满地。每次行经此处，我都会不由自主地在两棵桐树下，停留那么几分钟，望望树上，看看树下。而每每此时，我的心就飞回到故乡，想故乡此时，也该是杜鹃声声、桐花灿如云霞了吧？

偶翻闲书，见明初诗人高启写的一首诗《初夏江村》："轻衣软履步江沙，树暗前村定几家。水满乳凫翻藕叶，风疏飞燕拂桐花。渡头正见横渔艇，林外时闻响纬车。最是黄梅时节近，雨余归路有鸣蛙。"诗中所写，虽为江南初夏之景，但和我的家乡长安稻地江村庶几近之。我的家乡春夏交替时节，也是杨柳青青，燕子飞舞，桐花满树，蛙鸣阵阵，只是没有渔舟和缫丝车罢了。要不，也不会叫稻地江村这样诗意的名字了。

故乡的小院

　　十多年前的一个夏日，我在小寨的一家书店闲逛，偶然见到了挪威画家古尔布兰生的《童年与故乡》，随手一翻，一下子便喜欢上了。这是一本作者记述自己童年在故乡生活时的所见所闻的随笔集，文章都很短，多则七八百字，少则三四百字，都是一则则的小故事，且附有作者的漫画插图，文图互映，读来妙趣横生，让人不由生出会心的笑，当然，亦有少许的悲凉。其中文译者为吴朗西先生，而配图则全由丰子恺先生手书。我买回家后，一连读了几遍，几乎能将书中的故事背出。尤其是画家四岁时到草丛中用唾液喂幼鸟的故事，以及他五岁时随邻居家十二岁的大孩子到旷野捉蝴蝶，结果遭到欺骗，被土蜂螫得满身肿胀，发烧做噩梦的事，我至今记忆犹新。我甚至还能背诵书中的一些片段。如"我四岁的时候，草比我高得多。别的东西我看见得很少，草里面却是很好玩的。草里面有鸟儿。它们把草茎连拢来做窠。小鸟们还没有睁眼睛。我用我的手指触着窠的时候，它们以为它们的爹娘来了，便把嘴巴张开。我就把我的唾液涂在草茎上面喂它们。我把草茎插进它们的嘴巴里去。"读这本书，我也会常想起我的故乡，想起生活在那片土地上的人和事，当然，想得最多的，还是我故乡的小院。

　　我的故乡在陕西长安的腹地，名叫稻地江村。它的南面十多里地是终南山，终南山也叫南山，是一座很有名头的山，历史上有很多有名望的人，都先后在此隐居过，如王维、印光等。《诗经》中"终南何有？有条有梅"和唐诗中"终南阴岭秀，积雪浮云端"所提及的"终南"，都指的是这座山。"终南捷径"的故事也发生在这里。村北和村南则为少陵原和神禾原所围。这也是两个很著名的原，少陵原上葬有汉宣帝和他的王后许平君，南面和西面原畔还有兴教寺、华严寺、牛头寺、杜公祠等，唐玄奘法师的灵塔就建在兴教寺里。兴教寺距离我们村庄仅四五里地，隔一条大峪河，和我们村庄相望。夏日因为有绿树隔着，就不用说了。春秋时节，如天气晴好，站在村庄的北头，便可很清晰地看到兴教寺的红色的围墙，也可看到隐在树枝梢头的塔顶，还可听到隐隐的钟磬声。而神禾原则是传说中神农氏发现大谷穗的地方。我们的村庄就坐落于此，我家的小院就坐落在村庄的南头。

　　记忆中的小院是温婉的。院子约有六七分地的样子吧。小院的东西面各有两间厦房，南面有三间鞍间房，北面是一堵高高的土围墙，围墙的那一面则是张大妈家。院中有两棵柿树、两棵香椿树、一棵杏树、一棵石榴树，还有一棵拐枣树。院子的北面有一个半人高的土堆，上面种有洋姜、向日葵、南瓜等。春天，清明过后，天气逐渐变得暖和起来，祖父就会伛偻了腰，在土堆上种上一些向日葵，点上几窝南瓜，然后到野外去，用镰刀割一捆野枣刺，把土堆围起来。这主要是防猫狗鸡鸭的。向日葵、南瓜幼芽出来后，极嫩，也极易受到这些家畜家禽的糟蹋，尤其是鸡鸭，最爱啄食植物的嫩芽。洋姜是不用栽种的。每年晚秋出完洋姜后，总有碎小的和未出净的洋姜残留在土堆里。它们在土里做了一个冬天的温暖的梦，待到来年春天，春风一召唤，便会从酣梦中苏醒过来，钻出松软的土地，睁开惺忪的睡眼，打量这个充满生机的世界。春风继续吹着，洋姜长叶了，向日葵长叶了，南瓜开始扯蔓了，接着开出了金黄色的花。蜜蜂来了，蝴蝶来了，小院里一片热闹。

　　掰过几次香椿芽，吃过几次香椿炒鸡蛋，当蝉儿开始鸣叫的时候，夏天便来临了。这个季节，柿树已生出了椭圆形的叶子，开过了花，且结出了纽扣大的青柿子。而石榴花则开得通红一片，连树也似乎亮丽了许多。大人们下田干活去了，我和小伙伴们在院子里玩。我们摘了南瓜的谎花喂蚂蚱，听挂在门框上的蚂蚱发出欢快的叫声。葫芦蜂来了，它们在小院里飞来飞去，嗡嗡嗡，嗡嗡嗡，一会儿绕着向日葵的叶子转一转，一会儿在南瓜花上流连一番。它们的分量很重，每当其落到花叶上时，花叶便被压得一颤一颤的，让人总担心它们会从花叶上滑落下来，吧嗒一声摔在地上。若是那样，它们可就惨了。但事实上，我的担心是多余的，它们一次也没有摔下来过。马蜂也来了，它们在屋檐下飞来飞去，不久，便在檐下的椽子上，做出了一个银灰色的莲蓬状的窝。我好奇极了。有一天，趁大人不在家，我终于忍不住，和小伙伴小峰、小明一起，用竹竿把马蜂窝给捅了下来。结果可想而知，没了窝的马蜂，疯狂攻击我们，我的左脸被狠狠地螫了一下，一连肿了两天。后来，我的脸上永远留下了一个小坑，做了我那次恶作剧的"纪念"。

最让我难以忘怀的是小院的秋天。这个季节，可吃的东西很多。向日葵成熟了，它终于低下了沉重的头颅。祖父找来一把镰刀，将葵盘砍下，将葵花籽掰给我们吃。新葵花籽水分充足，吃起来脆、嫩，有一种别样的鲜香。还可以吃柿子。尽管柿子还没有完全成熟，但已有早熟的。爬上树，用夹竿夹下，和小伙伴们分食，那种甜，也是不可名状的。柿子可以一直吃到冬天。如果不把它们全部摘下，到了冬天，常常可以看到，已经落雪了，还有红彤彤的柿子挂在枝头。挖洋姜吃，也是很好玩的。用一把小铲刀，把洋姜根部的土起开，就可找到一疙瘩一疙瘩的洋姜。将掘出的洋姜洗干净，便可以吃了。新鲜的洋姜很脆，吃起来有点土腥气，很好吃。南瓜在夏秋时节生长得也很繁盛，它的蔓儿扯呀扯，一直从土堆上，顺着后院的土墙，爬上墙头，爬到张大妈家。常常，一些南瓜也就结到了张大妈家。待到南瓜变黄变老后，张大妈就会把南瓜摘下，送回到我家。而此时呢，祖父便会笑眯眯地把南瓜又送回张大妈的手上，他说："土里长的东西，长到谁家算谁的。"张大妈推辞几次，看推不掉，便会喜滋滋地拐着一双小脚，把南瓜抱回。当然，过不了几天，张大妈就会给我送来一捧干透的肥白的南瓜籽，我又可一饱口福了。

岁月如流水。随着父辈们不断成家立业，我家的祖屋终于住不下了。我爸是老大，先是我家迁出，随后，二叔父、三叔父家也相继迁出，老屋便只剩下了四叔父一家。起初，小院还保留着当初的模样，后来，四叔父拆掉院中的所有房屋，在院子的北面坐北朝南盖了三间大瓦房，小院便被彻底毁掉。原来院中的植物大多被砍掉、挖去，院中仅留下靠南面的一棵柿树，春天，柿树长一树鹅黄色的新叶；夏天，嫩叶的枝丫间开出碎碎的方形的小黄花；秋天，挂一树通红的柿子。又是十多年过去，祖父祖母也相继离世，我也离开了生我养我的故乡，到异地去读书工作，小院在我的记忆中也便更加模糊了。不过，在梦中，我却时常梦到小院，梦见清风拂过院中的南瓜叶、洋姜叶，而祖父就在花叶间对着我，慈祥地笑。